4
戰鬥員派遣
COMBATANTS WILL BE DISPATCHED!
「既然六號都說到這個份上了，那就沒辦法嘍！
抱歉啊，彼列、阿斯塔蒂。
我會帶伴手禮回來，敬請期待吧。」
U0074963
莉莉絲
LILITH
如月最高幹部之一，
通稱「黑之莉莉絲」。
受六號邀請離開地球，
所以超開心♪
ROKUGOU'S VIEW
麻煩請莉莉絲大人過來。
妳很可靠呢，莉莉絲大人。
本集的女主角

如月愛麗絲
KISARAGI ALICE
如月公司集結科技精華打造而成的
高性能仿生機器人。
現在正值叛逆期。
「愛麗絲快看，
水攻法對這顆行星的蟻穴起不了作用喔。」
「明明只是小螞蟻而已，還真有一套。
好，如果撐得過我的小碎石攻擊，
我就送上方糖當作獎勵。」
戰鬥員六號
SENTOUIN ROKUGOU

「愛麗絲，用小碎石攻擊導致整座蟻穴被封鎖的話，我們就無計可施了。
現在應該先抓一隻當成俘虜，調查牠們的習性才行。」
莉莉好棒棒行動①全力攻略蟻穴

「戰鬥員六號，這種時候我們就該挺身而出。
把這個麻煩的史萊姆重新封回地底下吧。
之後再來抓闖出這種禍端的犯人！」

「……怎麼想都是
莉莉絲大人造的孽。」
格琳
GRIMM
雖然是個大司教，
卻讓人深感負擔。
GRIMM'S VIEW
你們從剛剛就在吵什麼呢？
莉莉好棒棒行動②從貧民窟開始拯救城鎮

■ROKUGOU'S VIEW
即使距離太遠看不清，
我卻覺得被追趕的那道人影似乎相當眼熟……
「隊長，我們在飛耶！你看你看，波波蛇跟莫吉莫吉在那裡打架！」
蘿絲
ROSE
像星之○比一樣
擁有複製能力的合成獸。
感覺隨時都能把某人吞吃入腹。
莉莉好棒棒行動③用文明利器遊覽飛行

「怎麼樣，六號？這就是當地人接觸文明利器的反應。就是這個，我想看的就是這種反應。」
「……喂，我問一下。那不是你們說的空之王嗎？」

CONTENTS

序章
P.010

第一章　VS森之王！　P.014

第二章　VS空之王！　P.058

第三章　VS泥之王！　P.108

第四章　VS……　P.145

最終章　為了成為理想的上司　P.201

尾聲
P.256

COMBATANTS WILL BE DISPATCHED!

戰鬥員

曉なつめ
NATSUME AKATSUKI

ILLUSTRATION
カカオ・ランタン
KAKAO LANTHANUM

Kadokawa Fantastic Novels

序章

在如月總部會議室中看著報告書的阿斯塔蒂開口說道：

「按照預定，祕密基地差不多要完工了呢。」

報告書上寫著祕密結社如月在葛瑞斯興建基地的計畫。

為了建造前線基地，似乎要動用毀滅者大肆蹂躪當地的原生生物。

聞言，莉莉絲點頭稱是。

「那要派誰前往支援呢……」

「讓我去吧！將彼列這個最高戰力留在此處比較妥當！畢竟和英雄決一死戰時我方也會遭到重創雖說目前是兩相對峙但難保那些英雄會忽然採取行動所以為了保險起見……！」

見阿斯塔蒂連口氣也沒喘，連珠炮似的說個不停，彼列不懷好意地揚起嘴角。

「不對吧？妳是對報告書上那段『找到互許終身的對象』耿耿於懷吧？所以六號才會說妳是傲嬌。」

「別說我傲嬌！妳們兩個都不會擔心嗎？那個男人有過前科，之前被粉紅什麼鬼的人問

『想不想當英雄』後，差點就樂呵呵地跟著走了耶！聽到當地因為長期抗戰導致男丁稀少，我擔心他會被壞女人所騙……」

「呃，妳不就是邪惡組織的女幹部嗎？」

「這不重要！別說這些了，那邊由我過去可以吧？那就立刻準備援軍……」

阿斯塔蒂說完，就火速進行準備工作。但彼列開口制止她。

「等等，阿斯塔蒂，我也很想去。因為六號跟其他戰鬥員都在那裡，最重要的是感覺很好玩。他不是說那裡有很多未確認生物嗎？」

「我們是去支援的，怎麼能帶著玩樂的心情呢……！再說，我們跟英雄之間的情勢還那麼緊張……！」

阿斯塔蒂雖然出言反駁，但連莉莉絲都開口制止了。

「這樣的話我也想去。未確認生命體、未知的礦石……如此謎團重重的行星，讓身為科學家的我前往才合理吧？而且老實說，誰去都一樣啦。在如月的科學力量之前，未開化行星的同業競爭者根本不是對手！」

「啊，話可不能這麼說喔，莉莉絲！六號不是有說過嗎？用『未開化』這種概念看輕對手，會埋下失敗的伏筆！」

就在眾人無法歸納出結論之時——

「那就讓六號選擇他最想見誰吧！不對！讓他選擇最想派誰去支援吧！」

阿斯塔蒂一臉拚命，喀鏘喀鏘地搬出武器這麼說。

「「妳剛剛說最想見誰耶。」」

「是啊，我說了，我是說了！那又怎樣！妳們知道六號寄來的信裡寫了些什麼嗎？說他超受歡迎、締結了婚約、差點被蘿莉吃掉、還被奶子女強吻了！起初我以為他只是像平常一樣胡言亂語，但連愛麗絲的報告書上都寫了類似的內容！那個男人以前就莫名受到奇怪的女人歡迎，現在也不曉得在做些什麼……！」

看到阿斯塔蒂終於豁出去的模樣，莉莉絲雖然有些愕然，但仍開口問道：

「那、那就派六號指定的成員去支援吧？……雖然他也因為彼列很會照顧人所以很喜歡她，但我猜六號還是會選阿斯塔蒂啦。」

「是、是嗎……沒想到他居然真的在當地娶了老婆……感覺已經忘記我了，也不確定他還記不記得我這個人……」

彼列揚起開朗的笑容，對開始優柔寡斷的阿斯塔蒂說：

「畢竟那傢伙跟我一樣是個笨蛋，就算他真的忘了也不足為奇……喂，我是開玩笑的！再說，妳想想那傢伙當初為什麼會加入組織好嗎！」

「嗯嗯，雖然身為幹部的我說這種話不太妥當，但如月戰鬥員不僅月薪微薄，工作內容還超級嚴苛。即使如此，那個毫無骨氣可言的六號卻有辦法撐下來……」

或許是因為兩人說的話重拾了自信，阿斯塔蒂抬起頭來。

「是、是呀……他從以前就跟在我身邊，願意為我赴湯蹈火。他一定會選我吧……！」

可能是想起和六號之間的過往回憶，阿斯塔蒂的嘴角浮現笑意。

這時，傳送裝置內嵌的螢幕傳來通訊，開啟了與當地的連線。

螢幕上顯現出目前話題中心的那名男子。

『這裡是戰鬥員六號。當地的祕密基地已經建造完畢，請派員支援。』

聽到這個等待已久的報告，阿斯塔蒂的臉頰飛上了些許紅暈——

「喂，阿斯塔蒂。妳剛剛把胸口稍微敞開了吧？」

「……因、因為有點熱……」

第一章

VS森之王！

1

我的吼叫聲響徹了暫時寄宿的公園。

「可惡啊啊啊啊啊啊啊啊！這顆行星是怎樣啦！煩死了，我要回地球！」

不死怪物祭典告一段落，剛完工的祕密基地又在眼前被炸飛後，又過了一週。

明明都已經不惜動用毀滅者，但基地建設計畫還是以失敗告終。就算我們再厲害也感到無比沮喪。

坐在草地上擦拭散彈槍的愛麗絲開口說：

「邪惡組織的祕密基地就是會爆炸……話雖如此，這下真的挺麻煩的。最重要的是找不到爆炸原因。基地周邊已經用毀滅者重新整地，也大範圍焚燒森林了。如果以被破壞為前提重新建造基地，應該可以捕捉到攻擊的瞬間——」

「哪有時間悠悠哉哉地搞那種麻煩事啊！再說，不把基地蓋好，援軍就不會來吧？只要哪個最高幹部過來，戰爭中的托利斯就不用說了，還能處理同業競爭者恨得牙癢癢的這座森林……」

不死怪物祭典重創了我們小隊。

首先，在祭典中闖了一堆禍的雪諾遭到減薪，為了挽回失去的信譽，正努力做著騎士的工作。

從第一次見面時的印象來看，還真是無法想像她現在這副沒日沒夜殺紅眼地渴求功績的模樣。

其次是蘿絲。她之前宣稱要以阿忠的身分繼續活下去，至今尚未歸隊。

不僅每天都被餵得飽飽的，還能被老年人寵愛。這樣的生活似乎讓她變得茫酥酥了。

上次蘿絲之所以會湊巧出現在王城中庭，好像是要來提交辭職信，結果跟加達爾勘德碰個正著。

辭職信當然被我沒收了。

本以為不死怪物祭典結束後，她就會因為身分曝光而歸隊，看來我的思慮還不夠周全。

最後則是——

「吶，隊長。雖然不知道你從剛剛就在生什麼氣，但你把這個吃了解解悶吧。這是我在日期更迭之前就開始準備的便當喔！聽說你最近都住在公園裡，但坐在草地上吃便當應該很美味吧？」

格琳這麼說，並興高采烈地打開便當盒，將插著炸雞塊的叉子遞給我。

「來，張開嘴巴～」

格琳應該不太喜歡陽光，但她還是沐浴在陽光之下，露出滿面笑容。

「………啊～」

無可奈何之下，我只好張嘴，結果格琳在我面前一口將炸雞塊給吃了。

「不給你～呵呵，隊長也真是的，開玩笑的啦。算是部下的可愛惡作劇吧？真拿你沒辦法，下次一定會……」

格琳不知道在開心什麼，只見她笑嘻嘻的，準備再次用叉子插進炸雞塊……

我也立刻拿起叉子，直接插進眼前的炸雞塊。

「啊！不行啦隊長！我要餵你吃嘛！……咦、咦？你要餵我吃嗎？」

我默默地將炸雞塊遞給格琳，她臉頰有些羞紅地別開視線並張開嘴。

「啊……耿、耿一下，隊昂！這麼大塊放不進去啦！等等，你在生氣嗎？都被油搞得黏糊糊的，快住手！對不起啦！」

我不發一語，硬是將炸雞塊塞過去，把格琳惹哭之後，我大口吃著搶來的便當，頓時覺得束手無策。

交由我們負責的基地建設與開拓計畫。

如果無法順利完成，回歸地球的夢想就遙遙無期了——

「對了，就叫人過來吧。」

格琳不知為何又哭又叫的，我沒把她當一回事，默默狼吞虎嚥吃著便當。這時，我才留意到一件事。

先前得到的指示是基地蓋好後才能召喚最高幹部。雖然已經炸掉了，但基地還是一度有完工。

「這是人家通宵努力做的耶，至少表現出津津有味的樣子，不要只是默默地吃嘛！只要對我說一句『很好吃』也好啊！」

所以基地建設計畫姑且算是完成。

雖然蓋好之後被炸得精光就是了……

我好歹也是個優秀的邪惡組織戰鬥員，就算被說成詐欺行為，也沒什麼好丟臉的。

「而且你答應下次要幫我買的戒指跟項鍊呢！我不是想要實質的物品，而是愛情的象徵……！」

我將剩下的便當一掃而空。

「喂，愛麗絲，我決定了！總之基地已經完工，明天就隨便叫個幹部過來吧。要是被問到基地在哪，就豁出去承認說：『炸掉了啦，怎樣！』一旦來到這裡，要回去也得花費不少時間。這段期間就用幹部的力量，把基地爆炸問題一併解決。」

「……我是無所謂啦，但要叫誰過來？如果是阿斯塔蒂大人，這種小把戲應該瞞不過她的眼睛。」

「這個男人根本沒在聽我說話！可惡，擅自做便當過來的我真是蠢到家了！」

雖然愛麗絲一臉傻眼地這麼說，但我早已決定要叫誰過來了。

「……怎麼了，格琳，幹嘛哭喪著一張臉？啊，便當很好吃喔，謝謝招待。」

從剛剛開始就不知道在吵什麼的格琳用欲言又止的表情喃喃道：

「隊長太狡猾了……」

她是怎樣啦？

2

隔天。

「麻煩請莉莉絲大人過來。」

『咦咦？我、我嗎？』

我跟如月本部申請支援後，螢幕另一頭的莉莉絲發出驚呼。

沒錯，我要叫黑之莉莉絲過來。

完全沒進行過可靠的實驗，就把我送到這顆行星的廢物科學家。

「為什麼這麼驚訝？畢竟莉莉絲大人是科學家，要帶一個人前往未知星球的話，我認為妳是最佳人選。」

『哎呀，是沒錯啦！照邏輯思考的話，的確是正確的選擇！』

平常的莉莉絲是個會露出光看就讓人毛骨悚然的笑容，老是發明一些怪東西的陰沉角色。不知怎地，今天她的樣子有些怪異。

「對了，妳後面好像亂成一團耶。阿斯塔蒂大人怎麼了嗎？」

『後面會亂成一團還不都是你害的！等等，阿斯塔蒂，冷靜點！』

螢幕另一頭的阿斯塔蒂淚眼汪汪地抓著莉莉絲的肩膀猛搖。

不久後，冷靜下來的莉莉絲抬眼問道：

『六號，真的可以讓我過去嗎？那個，論戰鬥能力也是阿斯塔蒂跟彼列比較強……』

如果對一絲不苟的阿斯塔蒂做出這種類似詐欺的行為，肯定會受到制裁。要欺騙本性純良的彼列也讓我有點過意不去。

「呃，畢竟我們這些戰鬥員跟敵方的幹部等級實力相當，那我們的最高幹部肯定能輕鬆取勝。妳很可靠呢，莉莉絲大人。」

聞言，莉莉絲頓時容光煥發，神情羞赧地搔搔頭。

『既然六號都說到這個份上了，那就沒辦法嘍！抱歉啊，彼列、阿斯塔蒂。哎喲，我跟六號常常一起打電動，我想一定是這個原因吧，嗯。我不是在刻意炫耀勝利啦，但我會帶伴手禮回來，敬請期待吧。』

『吶，六號，派莉莉絲過去真的沒問題嗎？還有你寄來的那封信，有八成以上的內容我都看不懂，請你解釋清楚……』

『六號，你好嗎～！最近多了幾個新加入的戰鬥員喔。他們自稱是勇者和魔王，整天胡說八道超奇怪的，我覺得你跟他們一定很合得來！你回來之後，我再介紹給你認識喔！』

三人擠在狹小的螢幕畫面中。我看著她們一如往常的模樣，露出了苦笑。

「各位似乎都很有精神，實屬萬幸。那麼，祕密結社如月葛瑞斯分部！靜候莉莉絲大人的蒞臨！」

我端正姿勢這麼說完，對螢幕另一頭敬了個禮。

——十分鐘後。

臨時基地所在的公園內，爆出一陣哀號似的聲音。

「基地沒了是什麼意思！我聽不太懂你在說什麼！」

聲音來自將黑髮剪成整齊娃娃頭的白衣美少女。

剛剛還跟我隔著螢幕對話，祕密結社如月引以為傲的陰沉人物。

「我們也很傷腦筋啊。因為好不容易把基地蓋好了，結果又得住在帳篷裡耶？妳跟本部聯絡一下，請他們送移動式房屋過來吧。」

「什麼？等等，住在帳篷裡？我可是最高幹部耶！是支配了半個世界的如月頂尖奇才之一的天才科學家耶！事到如今卻要我住帳篷？」

如果是如月還是弱勢組織，窮困潦倒的時候也就算了。如今莉莉絲可是住在都心附設泳池的豪宅裡，應該很難接受帳篷生活吧。

「何止帳篷啊，我們在這裡生活還要降低文化水平耶。妳知道嗎？這裡連擦屁股的紙都很貴，甚至還有私下轉賣衛生紙的蠢蛋。」

順帶一提，那個私下轉賣的蠢蛋，就是繳不起房租被趕出家門，現在跟我們一起生活的雪諾。

「咦，等等……！那廁所呢？意思是沒有免治馬桶嗎！」

「基本上是蹲式的旱廁。視情況還要挖洞自行掩埋。」

再怎麼說，莉莉絲也是武鬥派組織的最高幹部。

因為過慣了奢華的日子，偶爾也會想試試類似野外求生的帳篷……

「不、不要啊啊啊啊啊！我要回家！我要回地球！沒有基地就表示沒辦法開空調吧？連電腦也沒有的話，就不能打遊戲，也沒有電視和網路！那我就不能看星期天早上播的光之美魔女了啊！」

「這裡本來就收不到電波，就算有電視也沒意義啊。我們這裡有真正的魔女，妳就看她們忍耐一下吧。再說就算妳要回家，現在沒基地，也沒辦法使用通往地球的傳送裝置啊。」

莉莉絲臉色鐵青地僵在原地。

是說，這個人不是以援軍的身分前來的嗎？感覺完全是來玩的嘛。

「哇啊啊啊啊啊啊，你騙我～～！還說什麼『麻煩請莉莉絲大人過來』！讓人家百般期待！詐欺！這是詐欺！」

……老虎不發威，把我當病貓啦，死屁孩！

「臭丫頭，幹嘛把自己當被害者啊！妳不是也騙了我嗎！別忘了，妳沒說明清楚，也沒做好安全確認，就把我送到這種鬼地方來耶！對了，我們約好要揉到妳哭出來！」

「什……！等、等等六號，依據我的理論，安全方面已經確認無虞了……！還有，我不記得有過那種約定！我會道歉！我會正式道歉啦！」

大聲嚷嚷的莉莉絲被突然暴怒的我嚇得頻頻後退。

「不僅如此，妳還說有無論我做什麼都會無條件受到喜愛的行星、因為審美觀不同而認為我是超級型男的行星，以及除了我以外沒有任何男人的行星，用各種美妙的期待煽動我！傳送裝置需要組裝和穩定得耗費一個月才能回去這種重要的事，妳倒是早點說啊！」

「我、我沒說！我沒說過那種誘騙的藉口！……不，等一下。傳送裝置的組裝和穩定……需要一個月時間準備……？」

莉莉絲的臉色已經超越鐵青化為慘白。

看樣子她終於發現自己的處境為何了。

「是啊。從頭開始組裝的話，傳送的準備時間要花上一個月。所以莉莉絲大人，不管妳再怎麼哭鬧耍賴，接下來這一個月都回不去了。」

「不要啊啊啊啊啊啊啊啊啊啊啊！我不要啦啊啊啊啊啊啊啊啊！」

「喂，妳是如月的最高幹部吧！這樣很丟臉，拜託妳別在這種地方大哭大叫啦，大家都在看耶！」

莉莉絲雙手撐在地上嚎啕大哭，路過的行人都竊竊私語地在遠處觀看。

這個人的腦袋明明很可靠，為什麼平常的所作所為這麼廢啊？

呼叫援軍的時候，我讓格琳先回家了。這是個正確的選擇。

實在不能讓隊員們看到上司這副德性。

「好了，別再耍賴了，請妳提出移動式房屋的申請吧。組合屋也無所謂。莉莉絲大人也不喜歡住帳篷吧？」

「是很討厭沒錯！……六號，我不會忘記你呈上假報告這件事。回去地球之後，我要讓你接受軍法會議制裁。」

莉莉絲板著一張臉，並拿著終端機站起身子。

「這樣的話，我也會順便一起告發。我知道莉莉絲大人會謊報研究經費拿去買私人物品。」

「六號，我們申請最高級的移動式房屋吧。順便請他們送一些娛樂用品過來。再以『慰勞戰鬥員的辛勞』這個名義，申請高級香檳吧。好不好？好不好？」

「真不愧是莉莉絲大人，翻臉比翻書還快，實在太帥氣了。我們這些戰鬥員會永遠追隨莉莉絲大人。」

看到我搓著雙手這麼說，莉莉絲露出狀似滿意的表情傳送了便條紙。

「算了吧，六號。就算把我捧上天，我也只會給你高級香檳和下酒菜而已。呵呵呵，那下次的社內問卷就要請你多多關照嘍？」

所謂的問卷，有點類似如月社內的人氣投票。

每月發行的社內報中，會刊載怪人及幹部的排名。

雖然目的是為了振興士氣，現在卻只淪為怪人和幹部們用來惡鬥的工具。

「包在我身上。舉凡理想的上司、崇拜的成員，還有想襲擊的上司等問卷，我都會投票給妳。」

「想襲擊的上司？我還是第一次聽到這麼低級的問卷，這是誰搞出來的啊？那種問卷不投也罷……哎呀？傳送過來的不是移動式房屋和香檳，是一張紙。」

只見有張紙被傳送過來，在莉莉絲面前飛落而下。

我撿起那張紙，看著上面的內容並朗誦起來。

「『移動式房屋太大了，放不進傳送裝置，所以無法傳送。至於您說要用公司經費送過去的各式娛樂用品，阿斯塔蒂大人要我向您轉達「少瞧不起人」這句話』……莉莉絲大人，妳真的是最高幹部嗎？」

「為什麼啊啊啊啊啊啊啊啊！毀滅者不也是分解成零件送過來了嗎！還有，『少瞧不起人』這話也太狠了吧！」

莉莉絲從我手中搶過那張紙，親眼確認後，不滿地大聲嚷嚷起來。

「因為移動式房屋不像毀滅者，並非必需品，所以她們覺得特意分解很麻煩吧。」

「……我、我明明是幹部……而且還是最高幹部之一耶……」

——莉莉絲不發一語地陷入谷底。我連忙安慰她。不久後，愛麗絲也過來了。

「哦，六號，怎麼啦？有利用莉莉絲大人申請到物資嗎？」

「啊啊，愛麗絲。妳猜得沒錯，完全行不通。莉莉絲大人比我想像的還要不中用。」

「等等！」

聽到我和愛麗絲的對話，僵在原地的莉莉絲高聲喊道。

「我就說吧。莉莉絲是個聰明的蠢蛋。她跟另外兩個幹部不一樣，大部分的要求都會被否決。」

「真的假的，莉莉絲大人居然遭受到這種待遇。嚇死人了。虧我還把她當成最高幹部崇拜，感覺形象破滅了耶～」

「你們兩個給我等一下！用這種態度對待上司太過分了吧！」

就算妳這麼說……

「抱歉嚕，我是邪惡組織的戰鬥員。」

「抱歉嚕，我是仿生機器人。」

「雖然是我製造出來的，但聽到妳用跟六號一模一樣的口氣說這種話，真是氣死人了！」

我們對莉莉絲敬了個禮，她就氣得咬牙切齒。愛麗絲對她說：

「畢竟我的模擬人格是以六號為範本嘛。關於這點，我真想跟莉莉絲大人強烈抗議。」

咦？

「什麼意思，我從來沒聽說過耶。妳什麼時候採集了我的腦部樣本？」

「她才沒有採集你那個殘缺的腦部樣本，要是用了那種東西，一切就白費了吧。為了打造出你的專屬後援，我才會被製造出來。我的人格架構是藉由不斷學習你的行動和性格模組，才能和你完美契合。」

原來如此，完全聽不懂。

「也就是說，妳是讓我盡情撒嬌的專屬仿生機器人嗎？」

「雖然大錯特錯，但是就算了吧。總之，我之所以這麼嘴賤，是以你為範本的關係。」

咦咦……

「莉莉絲大人，我沒有愛麗絲那麼嘴賤吧？聽到我跟這個沒血沒淚的冷血女很像，我覺得很震驚耶！」

「正合我意，你這王八蛋。我要更換範本！更換！」

「越說越覺得你們很像兄妹耶。不過……」

莉莉絲似乎終於找回理智了，她再度環視周遭。

「原來如此，這裡是外星球啊。因為看了你們傳來的報告書，徹底地激起了我的好奇心，實在壓抑不住興奮之情。」

彷彿在確認氧氣濃度一般，莉莉絲做了好幾次深呼吸，眼神閃閃發亮。

「到剛剛為止還哭得那麼慘，事到如今才裝出科學家的樣子太遲了。」

「少、少囉嗦，六號。現在正是感動的時刻，給我閉嘴！」

莉莉絲臉頰有些羞紅地仰望天際說道：

「──你們知道過去的人類多麼渴望在浩瀚宇宙中尋求浪漫，又對移居外星球一事多麼夢寐以求嗎？你們有幻想過超越人類技術的歐帕茲的存在嗎？幻想過地底人、海底人或火星人攻打過來這種讓孩子們心靈懼怕的事情嗎？」

「愛麗絲快看，水攻法對這顆行星的蟻穴起不了作用喔。妳看，像這樣澆水下去，牠們會用葉片抵擋，把水掃出來耶。」

「明明只是小螞蟻而已，還真有一套。好，如果撐得過我的小碎石攻擊，我就送上方糖當作獎勵。」

因為莉莉絲開始長篇大論，所以我跟愛麗絲開始攻擊蟻穴。而莉莉絲也在我們身邊蹲了下來。

「原來如此，情況緊急時會立刻在入口附近用葉片製造出空間，試圖將蟻穴入口封住啊。愛麗絲，用小碎石攻擊導致整座蟻穴被封鎖的話，我們就無計可施了。現在應該先抓一隻當成俘虜，調查牠們的習性才行。」

「了解。就把看起來最強的那一隻抓來當俘虜吧。」

如果是其他人，就會因為談話被打斷而動怒。但是好奇心旺盛的莉莉絲馬上就會轉移注意力。

原本想談論什麼深奧議題的莉莉絲，這天得到了足足三本筆記之多的蟻穴攻略紀錄，玩完撲克牌又吃了羅素做的咖哩後，心滿意足地入睡了。

3

「——我在做什麼啊！這樣不就跟六號一樣蠢了嗎！」

隔天早上。

莉莉絲似乎清醒過來了。她發出怪聲衝出帳篷，盯著我生氣地大吼。

「六號！你讓擁有人類最強大腦的我做了什麼啊！」

「攻擊蟻穴很好玩吧？真沒想到那些傢伙居然會發動逆襲討回俘虜。雖然是敵人卻值得讚賞。」

「是啊。而且判斷自己不是我們的對手後，還送上了未知的礦石碎粒，或許是想當作俘虜的贖金……呃，不對！我承認攻擊蟻穴非常有趣，但我是來支援的！」

可能是想起原本的目的了，莉莉絲搖搖頭高喊出聲。

「妳確實是可靠的援軍啊。如果用我和愛麗絲的作戰計畫，蟻穴肯定會被封鎖……」

「別再談那件事了！首先要解決基地的問題！還要殲滅同業競爭者吧！不把基地蓋好的話，我們就永遠回不去了！」

莉莉絲這麼說，並火冒三丈地看著帳篷。

「我身為風光繁盛的祕密結社如月最高幹部，居然要住在帳篷裡！六號，你覺得這樣下去像話嗎！」

「昨晚妳不是開開心心地跟我們玩撲克牌，還津津有味地吃了咖哩嗎？」

「這是兩碼子事！……對了。我跟昨晚做咖哩的那個人造合成獸聊一聊吧。我記得你們在調查那孩子的過去對吧？還說已經挖角她來當實習戰鬥員了？」

做了咖哩的合成獸是指羅素吧。

正在調查過去的實習戰鬥員合成獸是蘿絲才對，但是既然她想聊一聊，我就把羅素叫過來吧。

「——幹嘛啊，六號？我忙著洗大家的衣服耶。」

「喔，這個人好像想跟你聊聊。昨天還來不及介紹，但她是如月的最高幹部之一，黑之莉莉絲。」

聽到「最高幹部」這個介紹詞，羅素渾身一震。

「嗨，合成獸。原來如此，小小的犄角、尾巴和異色瞳。跟報告書寫得一樣呢。」

「呃、那個、幸幸、幸會……」

或許是明白如月戰鬥員的實力和異常性，羅素已經開始鞠躬哈腰了。

至於莉莉絲則是用饒富興味的眼神，彷彿在看著研究對象般盯著羅素瞧。

「不用那麼拘謹。妳想知道自己的過去吧？」

「……？呃，我對過去不太執著……」

雖然被羅素的發言嚇了一跳，莉莉絲還是繼續說道：

「報告書上是這樣寫的啊，這就怪了。那下一個問題……怎麼樣？跟我們的組織混熟了嗎？六號他們沒對妳做什麼奇怪的事情吧？」

莉莉絲微微一笑，用溫柔的嗓音如此詢問，彷彿想讓緊張兮兮的羅素放心。

「妳說奇怪的事……大概就是在我工作的時候掀裙子偷窺，真的很礙事，希望他們別再這麼做了……」

「喂，六號。公司確實鼓勵你們作奸犯科，但你們居然連這種孩子都要性騷擾……」

哎喲，她用看垃圾的眼神盯著我看呢。

「可是，就算我掀他裙子，惡行點數也沒有增加，可見這傢伙應該也不是真心感到排斥吧？」

「是這樣嗎！呃，不是，哪有這種蠢事……」

莉莉絲那雙看垃圾般的眼神變得越來越疑惑。

「只要沒有妨礙到工作，被掀掀裙子倒是無所謂。我只是覺得這群人很蠢。」

「妳應該更愛惜自己一點吧，合成獸！因為妳是合成獸，所以不知羞恥和常識為何物嗎？六號，這個讓人擔心的孩子就由我來保護吧！」

其中好像產生了什麼重大的誤會耶。

「莉莉絲大人，這傢伙本來就是男孩子喔。」

「你在說什麼啊？」

雖然莉莉絲一臉嚴肅地吐槽——

「六號說得沒錯，我是男孩子喔。」

「妳也在胡說八道些什麼啊？」

——我讓完全不肯相信的莉莉絲看了鐵證。

「……吶，六號，被女孩子這麼看實在有點害羞耶。」

「因為再這樣下去，我會被當成變態啊。」

被迫看了羅素是男孩子的證據後，莉莉絲雙手撐地陷入了混亂。

「因為他是合成獸嗎？合成獸是雌雄同體嗎？不不不，報告書上寫的確實是女孩子，在這麼短的期間內究竟發生了什麼事？啊啊，原來如此，是指他的內心是女孩子啊。也是，如月的公司風氣十分自由，要自稱是哪種性別，也是本人的自由——」

「因為虎男先生的興趣使然，他才被迫穿上女裝喔。」

「雖然我被讚譽為天才，但我完全搞不懂你們耶！」

莉莉絲猛地站起身，神情困惑地這麼說。

「我該怎麼向地球的同仁回報這件事呢……聽到六號會掀女裝男孩的裙子，個性嚴謹的阿斯塔蒂應該會發高燒吧……」

「這麼說的話，莉莉絲大人也是看過女裝男孩小雞雞的女人呢。」

「好，今天的事就當作我們之間的祕密吧！我記得合成獸叫蘿絲是吧？蘿絲，姊姊會給你零用錢，所以把這件事忘了吧。」

莉莉絲可能已經混亂至極了，居然把這顆行星無處可用的萬圓日幣紙鈔塞給他。

「我不是蘿絲，我叫羅素。」

「什麼啦，現在是怎樣！你們一直鬧著我玩到底想幹嘛啦！」

——我讓羅素回去洗衣服，莉莉絲也終於恢復冷靜了。

「莉莉絲大人，不要一直玩，差不多該認真工作了吧？」

「我哪有在玩啊！啊啊，煩死了。愛麗絲！愛麗絲～！給我過來，工作時間到了！」

莉莉絲把裝作不認識我們，遠觀我們談話的愛麗絲叫過來。

「……我忙著對蟻穴丟方糖耶，可以待在這裡就好嗎？」

「當然不可以！愛麗絲，妳是不是被六號影響，現在居然會反抗我了？」

莉莉絲來到這顆行星之後一直冷靜不下來，但她好歹也是如月的最高幹部，現在就把基地建設工作交給她吧。

「我們走吧，莉莉絲大人。基地建設工程連我這個菁英戰鬥員都顯得吃力，但莉莉絲大人一定能輕鬆解決。」

「雖然不知道你什麼時候變成菁英戰鬥員，但包在我身上吧。我會讓你瞧瞧如月的科學力量和最高幹部的實力！」

4

得到莉莉絲這位最高幹部之後，我們完全——

「六號你快看，馬路好乾淨啊！你知道嗎？光靠這一點就可以獲取很多資訊了！」

沒辦法前往那片可恨的大森林。

「馬路沒有被糞尿汙染，由此可見，這裡的居民知道棄置穢物會引發病媒。或許他們只是單純愛乾淨，但這裡的醫療技術可能比我想像中還要發達！」

從剛剛開始，莉莉絲就像這樣一直停下腳步，在街上到處亂看。

「還是說，這顆行星過去存在高度文明，雖然一度滅絕，但還是經由口頭傳述，將部分知識流傳下來——」

我對像孩子般東張西望、眼神閃閃發光的莉莉絲說：

「莉莉絲大人，別管這個城鎮的屎尿問題了，還是趕快出城吧。否則莉莉絲大人永遠都回不去了。」

「對喔！呃，可是我真的很感興趣……啊！六號你看，那種地方居然有坦克車耶！是報告書上寫的那個嗎！」

看到一台單獨被放在街上的坦克車，莉莉絲立刻衝過去。

「喂，愛麗絲，處理一下妳的製造者好嗎？她像個小孩子一樣。」

「你才去處理一下自己的上司啦。你跟她相處的時間比我還長吧。」

——我們拖著莉莉絲，總算來到城鎮的出入口時，只見停放在城外的毀滅者旁邊圍著一群小孩子。

見狀，愛麗絲衝到那群孩子身邊。

「喂，死屁孩，不要碰毀滅者啦！」

繼散彈槍之後，不知為何對毀滅者也懷抱莫名執著的愛麗絲似乎無法忍受愛機被人隨意觸碰。

「幹嘛啊，妳明明比我還矮，還敢叫我屁孩！」

「啊！這個矮冬瓜是常常跟拉鍊俠在一起的人！滾一邊去！」

「真的耶，拉鍊俠也在那裡！這傢伙也是一夥的，用石頭丟她！」

或許是外表看似同齡的關係，愛麗絲被孩子們徹底看扁，這讓她怒不可遏。

「好啊，我要讓你們這些屁孩全都哭出來！」

愛麗絲擋下擲來的石頭，襲向身材最高大的一名少年。

「只是個小丫頭還這麼囂張！……啊！好痛、等、等一下……！啊！」

愛麗絲用擒抱術摺倒那名少年，順勢抱住其中一隻腳，並用手上的石頭狂敲少年的小腿前側。

「喂，快住手啊，矮冬瓜！皮可都哭了耶！」

「知道了啦！都是我們的錯，妳也別計較了，這矮冬瓜還真纏人！快住手啦！住手……給我住手！我叫妳住手啦！」

其他孩子連忙制止執拗地攻擊小腿前側的愛麗絲。

看到愛麗絲毫無風度的樣子，莉莉絲困惑地說：

「吶，六號，愛麗絲平常都是那副德性嗎？雖說是被你影響，但她居然會跟小孩子吵架，感覺需要進廠維修一番了……」

「哪有什麼影響，那傢伙本來就比我還要急躁跟好戰。我去幫愛麗絲助陣。」

「不准去！愛麗絲也給我差不多一點──！」

──我們好不容易才離開城鎮，帶著依舊到處東張西望的莉莉絲抵達了目的地。

魔之大森林。

起初聽到這個名字時，我還覺得未免也太誇張了，現在倒覺得名符其實。

目前尚未釐清完工的基地為何會爆炸。

這時候只要全丟給上司就行了。

「莉莉絲大人，我先給妳一個忠告。這座森林超級危險，請妳提高警覺。」

「超級危險的森林又怎樣？我可是黑之莉莉絲呢。根據報告書的內容，森林裡有魔獸、蠻族和自然災害。雖然完工的基地遭受神祕攻擊，卻連爆炸原因都無法釐清。這點小事……」

話至此，莉莉絲開始操作傳送裝置。

「這點小事，只要出動核武烈焰，所有問題幾乎都能迎刃──」

我和愛麗絲連忙制止她的行動。

5

一臉賭氣的莉莉絲，抱膝坐在祕密基地的建設預定地中。

「我承認自己對這顆行星充滿興趣，但我也很想盡早回家嘛。」

「我也很想回家，所以才拜託莉莉絲大人過來嘛。別再偷懶了，認真工作吧。」

雖然這個瘋狂上司差點就要拿出駭人的道具，但她卻是幹部當中最有常識的人。這就是如月的恐怖之處。

「畢竟莉莉絲大人偶爾會不太靈光嘛。明明因為地球的情勢不妙，才要尋找移居的星球，把占領的地域變得沒辦法住人的話，根本毫無意義可言。先把妳那多到有剩的惡行點數拿來建造基地吧。」

「吶，愛麗絲，妳真的知道我是妳的創造主嗎？對待我的態度居然越來越馬虎了……」

因為莉莉絲是最高幹部，平常習慣受人吹捧。雖然對這種隨便的態度感到疑惑，她還是往前踏出了一步。

「沒辦法，這都是為了早日返回地球。就讓你們瞧瞧最高幹部的實力吧！」

說完，莉莉絲猛然敞開白袍前襟。

這名瘋狂科學家自行埋入體內，閃耀著金屬光輝的觸手群也隨之現身。

從袖口、下襬和胸前蜿蜒而出的八隻觸手前端，朝向森林發出光芒──

「先把森林夷為平地，弭平敵人的領域吧！」

隨著莉莉絲的發言，光芒的奔流也襲向森林。

如同她的宣言所示，觸手釋放的光芒將森林化為空地。

可見範圍內的森林瞬間變成紅褐色的荒野。真不愧是最高幹部，腦子有問題。

「接下來是大量物資！用我擁有的龐大資產和惡行點數輸入物資吧！」

在莉莉絲操作完裝置的幾分鐘後，沉重的鋼板便陸續送達我們已經做完基礎工程的基地舊址。

從莉莉絲身上生出的觸手抓起那些鋼板，鋪上裸露的地面。

觸手前端發出的藍白色光芒，將鋪設在地的鋼板一一焊接……

「莉莉絲大人，我從以前就覺得這些觸手未免也太方便了。可以幫我埋進身體裡嗎？」

「操縱這些觸手會對腦部造成劇烈的負荷喔。光要操縱一隻觸手，你的腦容量就會超載，後果不堪設想。」

妳是說我的腦容量不夠嗎——雖然很想逼問，但就連被譽為天才的莉莉絲都要耗盡全力才能操縱八隻觸手了，我的後果大概真的會不堪設想吧。

「就算六號有八隻手，你能讓每隻手各自處理完全不同的工作嗎？」

只見莉莉絲的那些觸手都在各自進行獨立作業。

有的在焊接，有的在搬運鋼板，還有觸手在幫莉莉絲抓背，其他觸手則將瓶裝茶遞到她嘴邊——

「……看起來很簡單啊。還是幫我移植到身體裡好了。」

「我、我才不要。畢竟觸手是我的身分證明。當初怪人海葵男出現的時候，我還糾結了好一陣子呢。」

她不停地建造基地，其速度之快，讓人搞不懂我們先前為何會陷入苦戰。

就在此時。

「啊！莉莉絲大人，那群人就是破頭族！他們教唆魔獸殺過來了。莫吉莫吉跟三跳蛙也隨處可見！」

「……愛麗絲，莫吉莫吉跟三跳蛙這些名字，妳就不能改一下嗎？」

莉莉絲忽然提起這件事……

「妳在說什麼啊，莉莉絲大人。莫吉莫吉很可愛啊。」

「……？魔獸的名字為什麼要扯到愛麗絲？」

愛麗絲宛如要解答我的疑惑般說道：

「我之前說過，是我將本地的語言進行意譯，直接傳輸在你的腦袋裡。如果是半獸人或獅鷲，這種地球上也有外觀類似的生物資訊也就算了，第一次看到的新物種，我會擅自幫牠們取名。」

「那我也跟莉莉絲大人持相同意見。就不能取正常一點的名字嗎？」

「你們別再閒聊了，提高警戒！要來了！」

莉莉絲一提出警告，被破頭族緊追在後的魔獸就往基地建設用地衝了過來。

莉莉絲那些觸手都停下動作，同時朝向魔獸。

「我之前就在思考這個問題了。莉莉絲大人的觸手到底是從哪裡生出來的？我實在很在意，可以把衣服剝開來看看嗎？」

「當然不行！你不出手戰鬥就算了，至少不要來妨礙我！」

莉莉絲規規矩矩地吐槽後，維持白袍敞開的姿勢往前傾，猛然瞪大雙眼。

她應該是用那雙眼緊盯目標，全神貫注地操作觸手吧。

只見八隻觸手前端紛紛射出電擊、雷射，甚至是超音波和子彈等各式武器。

「莉莉絲大人好像恐怖箱呢。」

「我也這麼認為，但還是閉上嘴吧。被她聽到的話就麻煩了。」

「你們的對話我都聽得一清二楚！留在這裡只會礙事，給我閃邊涼快去！」

或許是腦袋全速運轉造成的反作用，莉莉絲雙眼充血地放聲大喊。

我們乖乖地退到後方後，眼前就展開了一場與魔獸的廝殺——

「哈哈哈哈哈哈！看到沒有，六號、愛麗絲！如月的科學力量果然是世界第一！魔獸跟蠻族都束手無策地四處逃竄呢！」

雖然這個陰沉女是個重度動畫宅，常常使喚別人跑腿，而且說不定不是天才，而是跟天才只有一線之隔的笨蛋。但再怎麼廢，她依舊不愧為最高幹部。

莉莉絲愉悅地高聲大笑，一個人就鎮壓了讓我們苦戰連連的魔獸和蠻族。

這個人最惡質的地方，就是她使用的武器沒有彈藥數量限制。

透過嵌入體內的晶片持續向如月本部傳遞座標，動用能量和子彈時，就能經由自動傳送加以補充。

讓我來到這顆行星的那個大型傳送裝置，似乎也是以莉莉絲的武器補給傳送機構為基礎建造而成。

「唔？他們好像反擊了！」

看到魔獸依序被攻破，察覺到情勢不利的破頭族單手握斧踏上前來。

破頭族總數大約超過二十名。

這群蠻族用力一揮，開始朝莉莉絲投擲手斧。

但投出的手斧幾乎都在命中前就被擊落。就算勉強逼至面前，也都被莉莉絲身旁蠢動的兩隻觸手擋下來。

見狀，我回想起莉莉絲過去在槍林彈雨的戰場中，如散步般悠然前行的模樣。

「……她還是一樣強得離譜。」

聽到我不經意說出的這聲低語，愛麗絲也驚愕地深表同意。

「觸手也好，『黑之莉莉絲』這個稱號也罷，我覺得莉莉絲大人比較像魔王。」

而且這還不是莉莉絲火力全開的強度，所以才可怕。

發現投擲手斧也毫無作用後，破頭族開始撤退。

這時，或許是察覺到異變，之前把重型機械打成蜂窩的美少女拔山倒樹而來。

後方能看見穿著草裙的面具集團——柊木族的身影。

簡直是這座森林的原住民們的大遊行。

「莉莉絲大人，那群傢伙特別難搞！當柊木族開始跳舞的時候就要當心了！另外，從地面長出來的美少女還會擊發子彈！」

聽到我從遠處發出的忠告後……

「那又如何？我可是黑之莉莉絲呢。柊木族似乎會利用陽光發動攻擊吧？那就……試試這招！」

莉莉絲露出狂妄不羈的笑容後，她的身形就變得透明。

她毫不吝惜地使用昂貴的光學迷彩，企圖讓敵方的光學武器失去作用。

「吶，愛麗絲，我也想要光學迷彩。用它就可以猛賺惡行點數了。」

「你的用途大概是偷窺、偷窺跟偷窺吧？我先警告你，光學迷彩在浴場中無法使用。因為浴場潮濕，表面沾附水滴的話，迷彩效果就會減半。」

真的假的。虧我還把它列在總有一天要入手的裝備清單第一名耶。

柊木族看見莉莉絲在眼前隱去身形，感到疑惑不已時，空無一物的空間卻忽然放出攻擊，導致他們接連撤退。

更誇張的是，在半裸的森林美少女進入攻擊模式前，就被莉莉絲早一步射出的子彈圍剿，發出哀號往後退去。

「六號，看到沒有，這就是黑之莉莉絲的實力！順帶一提，剛剛的攻擊還沒動用到我全力的十分之一呢！」

「是是，保留實力鎮壓全場的莉莉絲大人好棒喔。可是，當這種保留實力的人使出全力的時候，大部分都會埋下死亡的伏筆耶。」

「六號，我剛剛只是在開玩笑。其實我已經拿出一半左右的實力了！說得也是，以後我還是經常全力以赴好了，畢竟看輕對手也不太好嘛。」

正因為莉莉絲是動畫宅，這些例子她都清楚得很，於是她的態度直接翻盤。

莉莉絲轉身背對魔之大森林，準備重回中斷的建設工程。

「不過，六號你還有待磨練。你是未來的幹部候補，這種程度的對手都讓你陷入苦戰的話，我會很傷腦筋的……不過，唯獨在三位最高幹部中委託我幫忙這個決定，我會好好讚揚你一番。」

說著說著，她開心地將雙手伸進白袍口袋。

「所以六號，以邪惡組織成員的身分幹一票大壞事，展現出你想晉升為幹部的覺悟吧。話雖如此，我也不討厭你那不中用的個性。別著急，慢慢來就好。無論多久我都願意等。」

她勾起惡作劇般的笑容，彷彿在調侃我似的——

隨著遠方森林深處迸射的一道光芒，整座基地被炸飛，正在耍帥的莉莉絲也摔到地上。

6

隔天一早。

「嗨，愛麗絲，那個廢物上司還在睡嗎？」

「她好像醒了，但不肯離開帳篷。畢竟一臉得意地耍帥時發生了那種事嘛。今天應該也會窩在裡面不肯出來吧。」

因為建設中的基地爆炸，莉莉絲慘摔在地，但所幸觸手及時防護，她才沒受傷。

雖然毫髮無傷，但正在講耍帥台詞時發生這等醜態，讓她的心靈產生了巨大創傷。

我將羅素做的早餐拿到帳篷前。

「莉莉絲大人，妳要鬧脾氣到什麼時候？放心吧，只要是如月戰鬥員，大家都知道莉莉絲大人很廢，事到如今也沒必要這樣。」

「——唔！」

帳篷中傳來倒抽一口氣的聲音，感覺她本來想說點什麼。看樣子她不知道自己在組織內的評價如何。

隨著一陣攀爬的窸窣聲響，莉莉絲只把頭探出帳篷的入口。

「……對了六號。剛到這裡時我沒想太多，但我沒看見怪人虎男跟其他戰鬥員耶。」

或許是恢復冷靜了，事到如今莉莉絲還在問這種事。

「我一說是莉莉絲大人要來支援，大家就一哄而散了。」

「為、為什麼！奇怪，難道大家都討厭我嗎？」

莉莉絲感覺是幹部中最不在意評價的人，現在卻說出這種話。

「………」

「喂，六號，不要默不作聲，跟我說沒這回事好嗎！我、我哪裡不好啊？拜託你告訴我吧，我會盡力改進！」

哪有什麼不好。只要想辦法改掉愛使喚人跟腦袋有問題這兩個缺點就好了……

「這個嘛，雖然我想大說特說……首先，莉莉絲大人，跟阿斯塔蒂大人和彼列大人相比，妳的性感程度壓倒性地不足呢。」

「小心我揍飛你喔。」

雖然是個美少女，但體型平坦的莉莉絲如此口出惡言。

「是妳說要盡力改進才要我告訴妳的耶。那就算了。但要是妳叫戰鬥員去跑腿幫妳買回來的食物裡被混進奇怪的東西，我可管不著喔。」

「對不起，我會努力改進，請你繼續說吧！可是性感這一點我也沒辦法啊！」

莉莉絲從帳篷裡爬出來，淚眼婆娑地懇求我。

「莉莉絲大人，妳只吃零食，當然會發育不良啊。我看妳這平板的身體已經無力回天了，那就穿露一點來進攻如何？」

「別用『無力回天』這種形容詞好嗎？我是科學家，只要還殘存百分之一的可能性，我就會試著反抗命運。」

這傢伙幹嘛用有點帥氣的感覺說話啊？

「穿露一點啊……可是，增加肌膚裸露面積看起來不會很蠢嗎？」

「莉莉絲大人，事到如今妳在說什麼呢。評價都已經跌落谷底，之後只要顧著往上爬就行。別再穿那件土到不行的白袍了，穿那種衣服看起來也不會比較聰明。」

「說話委婉一點好嗎！我知道了，我會試著穿露一點。你還有想到其他原因對吧？如果只是穿得不夠露就不被當一回事，就得把這些戰鬥員海扁一頓才行了。」

其他原因啊。再來就是……

「如果以後不要再叫我們跑腿，也不要再把我們當成瘋狂研究的實驗品就好了……」

「這反而才是主因吧！跟我穿得露不露根本無關！這件事到此為止吧，今天要來蓋基地！」

可能因為剛剛那段對話湧起了些許幹勁，莉莉絲接過早飯後便狼吞虎嚥地吃完了。

——這裡是基地建設預定地。

我們早已對這個地方十分熟悉。不過，先前基地爆炸的真正原因終於查出來了。

據愛麗絲所說，昨天狙擊基地的似乎是新品種的魔獸。

森林深處才剛發出亮光，下一秒基地就被炸飛，莉莉絲也摔倒在地。

仔細觀察發光處，好像有個從地面探出頭的大型爬蟲類直盯著這裡瞧。

沒想到愛麗絲之前說的「以被破壞為前提建造基地，看穿敵人真面目」這個計畫居然成功了。

「……好。準備好了嗎，六號、愛麗絲！敵人是潛藏在地底下，會發動遠距攻擊的大型魔獸。只要搞清楚牠的真面目，就有辦法應對！」

莉莉絲原本想採用的作戰方法，是以大量現代火砲進行遠距離砲擊。

目標是用壓倒性的火力大範圍焚燒，讓此處化為焦土。可是……

「如果只是焚燒森林那倒還好，請妳別動用可怕的武器喔。」

「用可怕的武器直接將這一帶化為焦土是最有效率的方式，但這麼做不太明智。不過我早就猜到會這樣了！昨晚你們呼呼大睡的時候，我已經發射了小型偵察衛星。現在已經掌握愛麗絲說的那個目標的潛伏位置。」

就算再沒用，她依然不愧為最高幹部。這部分實在是無懈可擊。

只見莉莉絲正在傳送便條紙，似乎要申請某些裝備。我對她說：

「妳為什麼不多加利用這個預測能力呢？」

「少囉嗦，六號。一般人無法理解天才的思維。好了，雖然不知道敵方會如何攻擊，但只要打倒牠再調查就行了。這時候就用……『超震動反潛深水炸彈』！」

有個看起來很不妙的東西隨著莉莉絲這句話被傳送過來了。

看到莉莉絲雀躍地拿起小型深水炸彈，我啞口無言地插嘴道：

「莉莉絲大人，要是用了這種東西，這附近的地盤都會鬆動喔。我不是說過這裡是開拓預定地嗎？我們還沒進行地質調查，搞不好會引發地震呢。」

「那又怎樣？應該說，如果是隨時可能引發的地震，那就在居民遷入之前用人工引發啊。這樣就可以在被害減少的情況下解決了。科學的力量真了不起。」

超震動反潛深水炸彈。

對於長年深受地震所苦的日本人來說，這是特別忌諱的一種武器。這也難怪。這個深水炸彈引發了好幾次人工地震。

莉莉絲平常會玩那個超受歡迎的魔物狩獵遊戲——魔物獵仔。看到遊戲中要用音爆彈將魔物拖出地表之後，就抄襲……從中得到靈感，將其重新打造而成。

雖然主要是用來進行地底攻擊的武器，但進行地盤調查時，會在推估數十年內必定會引發地震的地區用好幾次。每次使用都會聚集一堆抗議團體。

有人主張「如果是推估遲早會引發的地震，就要讓居民先行避難，盡早引發比較安全」；有人主張「如果置之不理，或許根本不會引發地震，控制大自然會遭到天譴」；有人主張「考慮到受災戶的心情，引發地震這件事本身就十分輕率」。到現在為止，這三派還會針對這個武器的使用方式吵個沒完。

這時，一直默不作聲的愛麗絲開口了。

「莉莉絲大人說得沒錯，在科學面前沒有不可能。總有一天，人類會變得足以克服各種災難。雖然妳偶爾很廢，但妳說得很好。」

「那當然。我會在持續對抗自然災害的人類史上寫下勝利的……喂，愛麗絲，妳是不是真的需要維修了？我可是妳的創造主耶……」

在這群科學崇拜者熱烈討論時，森林某部分忽然騷動起來，彷彿是嗅到了危險的氣息。

我還以為是不是連樹群都嗨起來了，結果大型爬蟲類的臉就從樹林間的縫隙出現……

「看樣子應該是靠野生的直覺探測到危險了吧。可是太遲了！投下深水炸彈！」

莉莉絲的觸手抓起深水炸彈，往爬蟲類的頭頂扔過去。

我們和對方的距離約兩公里。

雖然距離這麼遠，但被丟到空中的深水炸彈卻精準無比地落到目標的頭頂上——

超音波「嗡」的一聲發散，大地也隨之劇烈晃動。

在天搖地動的短短幾秒間，聽到反潛深水炸彈超音波的爬蟲類就在我們眼前竄出地表不停掙扎。

「……喂，愛麗絲，這個人真的引發地震了耶。」

「真不愧是莉莉絲大人。邪惡組織最高幹部做的事情就是不一樣。」

「等一下，剛剛的搖晃不是地震，晃動時間非常短耶！而且也沒傳來惡行點數增加的語音啊！總、總而言之，我把目標拖出地表了！」

莉莉絲顯得有些著急，接著對還在滿地打滾的爬蟲類伸出了觸手——

7

對大型爬蟲類施予最後一擊後，其他魔獸就像海水退潮般紛紛撤退。

看樣子，那個爬蟲類或許是這一帶的頭目。

由於科學二人組想調查被收服的爬蟲類，便準備往目標身邊走去。就在此時——

「奇怪？」

莉莉絲看向自己的終端機，忽然驚呼一聲。

「怎麼了，莉莉絲大人，剛剛的地震果然是妳引起的嗎？惡行點數大量增加了嗎？」

「不是！我剛剛就說了，沒聽到惡行點數增加的語音！但我姑且確認了一下，不知為何，我的惡行點數少了很多……」

莉莉絲驚訝地確認終端機好幾次。愛麗絲對她說：

「待在這顆行星時，所有地球生產的物資都必須消耗惡行點數。也就是說，莉莉絲大人戰鬥時，惡行點數就被自動補充的子彈、光學武器這種能源匣，還有其他物資扣掉了吧。畢竟妳昨天戰鬥時豪邁地撒了一堆子彈。」

「等一下，這個規則也適用於身為幹部的我嗎？」

若是在地球，莉莉絲使用的子彈和能源匣費用會直接從莉莉絲的銀行帳戶自動扣款。

但在這顆行星，就算是用現金就能輕鬆入手的物品，也全都要精算成惡行點數。

設立這個措施的目的，原本似乎是為了強迫我做壞事……

「開什麼玩笑！我的強處就是可以無止盡地使用武器彈藥耶！在這個星球上，我一下子就變得毫無戰鬥力可言了！」

明明是她們自己訂下的規矩，這該死的上司卻惱羞成怒。

「誰在開玩笑啊，這本來就是妳們自己訂下的規矩吧！雖然莉莉絲大人成天都在耍廢，但來到這顆行星之後，就請認真工作吧。要是妳耗盡惡行點數，派不上用場的時候，我就要討回妳平常欠我那些人情！稍微體會一下我的辛勞吧！」

「不、不要啊啊啊啊啊啊啊啊啊啊啊啊啊啊啊啊啊！」

——我花了一個小時，對想回去公園的莉莉絲進行威脅、安撫和煽動。

心情終於轉好後，走到目標附近的麻煩上司低聲說道：

「好大啊，跟恐龍差不多。這麼巨大的身體是怎麼撐起來的……」

莉莉絲一臉驚訝地抬頭，看向那個頭部被子彈貫穿、橫臥在地的大型爬蟲類。

牠的外觀就像一隻巨大蜥蜴。這副巨軀就算說是恐龍也不足為奇。

「巨大蜥蜴很酷耶。喂，愛麗絲，來吃吃看這傢伙的肉吧。這樣回去地球之後，我就能炫耀自己吃過恐龍肉了。」

「別仗恃自己是身強體健的戰鬥員，就隨便吃來路不明的東西……嗯？」

愛麗絲摸了摸蜥蜴的身體後，顯得有些疑惑。

「怎麼了？妳也想吃恐龍肉嗎？」

「我又不用吃飯。你摸摸看，牠的肌膚是金屬質感。」

聽她這麼一說，我試著碰觸蜥蜴，發現觸感堅硬又冰冷。

當好奇的莉莉絲正在採取皮膚樣本時，我扳開蜥蜴的下顎。

「「啊！」」

看到蜥蜴的口腔內部時，我跟愛麗絲叫了一聲。

「怎麼了？……哦哦，這真是……」

同樣看向蜥蜴口腔的莉莉絲饒富興味地發出讚嘆。

蜥蜴內部是金屬材質打造。

牠的嘴裡有類似收納型砲塔的東西。我猜牠八成就是用這個炸飛了基地。

這時，我發現蜥蜴露臉的那個地洞，好像也是金屬材質。

「莉莉絲大人、莉莉絲大人。不覺得這傢伙藏匿的巢穴有點奇怪嗎？」

「……怎麼看都像是高科技的人工產物呢。應該說，還真像某種設施的入口。」

莉莉絲深感興趣地這麼說，並將觸手前端伸向地面。

應該是在用音波徹查地底吧。

「……哈哈，哈哈哈哈哈！六號、愛麗絲，聽我說！這片大地之下似乎建了一座巨大的地下設施！事情越來越有趣了！交代下去，所有戰鬥員處理設施時都要格外謹慎！誰傷了這座設施，就會遭受嚴厲的懲罰！」

我跟愛麗絲緊盯著大洞內部，沒把高聲尖笑的莉莉絲當一回事。

「……都怪莉莉絲大人用了反潛深水炸彈，設施被搞得亂七八糟。」

「……只要跟大家傳達處理時格外小心就好了…………」

第二章 VS空之王！

1

發現神祕的設施後，鬧脾氣的莉莉絲說不想再動用惡行點數了，但我慫恿她把難搞的魔獸全數驅逐後，回到了公園。隔天——

現在其他的戰鬥員在愛麗絲的指揮下，正在用莉莉絲大手筆買來的重型機械和裝備建設基地。

至於我嘛……

「六號，怎麼樣？我把白袍改成短袖，稍微露一點了。你覺得如何？」

「莉莉絲大人果然很蠢。」

在那個公園裡，其他戰鬥員硬是把照顧莉莉絲的工作塞給我。

「我是遵照你的意見，怎麼可以罵我蠢呢！」

「我的意思是露出肚臍和胸部這方面的裸露。妳這樣只是把白袍變成夏裝而已嘛。」

莉莉絲完全沒聽懂我的話。她又把白袍袖口往上摺，有意無意地賣弄自己的上臂線條。

這時的我褪下了平時那套戰鬥服，身穿黑色西裝。

今天要遵照莉莉絲的期望和本國首相緹莉絲進行會談。

現階段，如月和這個國家的關係建立在微妙的平衡之上。

身為幹部的其中一員，她希望以外交交涉為手段，在不流血的前提下併吞這個國家。

「對了，莉莉絲大人。妳打算怎麼拿下這個國家啊？」

雖然比眼前這位開發者更聰明的愛麗絲早已進行過各種交涉了。

「當然是用壓力外交啊。我們派遣了以六號為首的諸多戰鬥員前來，賣給這個國家豐厚的人情。就針對這一點進行刁難，獅子大開口提出無理的要求！要是不肯接受，就納入我們的組織管轄——就這樣威脅他們！」

「喲～！莉莉絲大人好壞啊！真不愧是陰險幹部和黑心幹部問卷調查的第一名！」

「哼！算了吧，六號。就算誇獎我，頂多只能給你零用錢……呃，到底是誰搞出這些我不知道的問卷調查？我不會生氣，可以告訴我嗎？」

——此處是葛瑞斯王國緹莉絲的閨房。

「哦，這樣啊！真是誠摯歡迎如月的上級主管蒞臨呢！」

「對不起、對不起，真的非常抱歉！但請容我說句話。戰鬥員犯下的惡行是守護貴國的必要之舉……」

在前往王城的途中，聽聞我們平日所作所為的莉莉絲正在拚命鞠躬道歉。

「是啊！那個叫做惡行點數嗎？我對此事略知一二，所以才下達命令，要大家睜隻眼閉隻眼，別把各位戰鬥員的小奸小惡放在心上。」

「非、非常感謝……」

「可是！」

如月引以為傲的黑心科學家在黑心王女面前趨於劣勢。

這也難怪，畢竟拿來責難我方的攻擊材料實在太多了。

「可是，想感謝戰鬥員替我國修復古代文物時，他們卻登錄了無可挽回的祝禱詞！將戰鬥員以使者護衛的身分派往他國，他們卻製造了戰爭的導火線！」

「對對、對不起，對不起！」

這個上司沒救了。愛麗絲的交涉手腕還比她強。

「前陣子，妳的部下還入侵我的寢室，在熟睡的我身旁玩疊疊樂、辦烤肉派對，最後竟然還想把這裡當成廁所！為什麼要全身赤裸地在少女的寢室中排泄呢！我實在無法理解，請將理由告訴我好嗎！」

「對不起、對不起、對不起、對不起！我也無法理解！」

剛才那股強勢的自信跑到哪裡去了？現在她輸得一場糊塗。

我對靠不住的上司伸出援手。

（莉莉絲大人、莉莉絲大人，妳得多多誇耀我的華麗表現啊。我可是手刃了同業競爭者的幹部耶。）

「對了，希望您想想我們家六號的活躍表現！他打倒了什麼魔王軍的幹部，這可是豐功偉業啊！」

聽到我的低聲耳語後，莉莉絲忽然強勢起來。

「討伐魔王軍幹部一事，我已經支付一大筆答謝金給愛麗絲大人了……」

「咦？」

結果得到了對方的爽快回覆。

這麼說來，好像聽愛麗絲說過，她拿到一筆巨額獎金。

把獎金交給我的話就會被我全部花掉，因此改用每日零用錢的形式分批給我。

「再說，以六號大人為首，我國每個月都會以防衛費的名義支付金錢給每位戰鬥員。金額比一般騎士還要高呢！」

「啊，確實如此！莉莉絲大人，在這個國家拿到的薪水比如月還要多呢！我都服務這麼多年了，不覺得這樣很奇怪嗎？」

聽到這句話，莉莉絲渾身一震。

我在以前遞交的報告書中，寫過這個國家給的薪水很豐厚這件事。她似乎想起來了。

「……對啊。我自己說完後才發現到這一點……六號大人，乾脆把其他戰鬥員都帶過來，再次擔任我國的騎士……」

「今天只是來打聲招呼。六號，差不多該告辭了！往後就請您多多關照如月！」

我一把抓住說完就準備開溜的莉莉絲。

「雖然先前和愛麗絲大人商談時被狠狠拒絕了，但我想再次提出請求！技術！請向我國提供你們的技術！」

「要求改善待遇問題！我要加薪！給我休假！不然我就要跳槽嘍！」

「知道了！我知道了啦，你們冷靜點！」

2

從王城回去的路上。

「怎麼會這樣呢，六號，你害我的工作變多了耶。是說，你到底是經歷了什麼樣的人生，才會想在公主殿下的房間裡拉屎？」

「不單單只是我一個人的錯好嗎？準備在緹莉絲房間拉屎的人是十號。」

接受緹莉絲提出的技術移轉要求後，莉莉絲從剛才就一直講廢話。

「為什麼我的下屬全是一堆問題人物？」

「因為跟上司很像啊。」

正當我和莉莉絲拌嘴的時候——

「那種小咖哪能當作戰功啊！你應該還有其他情報吧！像是躲在這個鎮上的間諜，或是家喻戶曉的知名罪犯！」

我循著耳熟能詳的嗓音看去，發現雪諾纏上了一個裝扮可疑的男人。

「雪諾小姐，就算妳這麼說，我手邊主要都是跟魔獸相關的情報。罪犯的情報通常一拿到手就會賣給條子的老大了。」

裝扮可疑的男人應該是情報販子吧。

「我知道強人所難，但還是要拜託你！你消息這麼靈通，應該知道我被減薪了吧？我已經沒錢了！我們交情這麼久，把懸賞的罪犯情報讓給我啦！」

「呃，哪有這麼剛好……啊，我想到了。有個家喻戶曉的知名罪犯。」

聽到情報販子這句話，雪諾頓時容光煥發。

「拜託快告訴我！那傢伙是誰，他在哪裡！」

「罪犯的名字是拉鍊俠，就站在雪諾小姐身後。」

雪諾順著他的話，回過頭看到我後就馬上撲過來。

「——六號，這個突然撲過來的女孩了是怎樣？看來你們似乎認識，但建議你朋友還是慎選為妙。」

「這傢伙是我的下屬。名叫雪諾的混帳女。」

「呼唔——！唔——！」

被莉莉絲的觸手層層纏捲，甚至連嘴巴都被塞住的雪諾倒在我的腳邊。

把我說成罪犯的那個情報販子男被我恐嚇趕跑後，一直盯著雪諾觀察的莉莉絲說：

「……原來如此，她就是看穿六號是間諜的女孩啊。我從報告書上得知妳的事蹟了喔。歡迎加入祕密結社如月！我們組織非常歡迎有才能的人！我是如月最高幹部之一——黑之莉莉絲！」

「唔嗚！呼唔唔唔，呼唔唔——！」

雪諾似乎說了些什麼。她大概是在哭喊「我是這個國家的騎士，才不想加入如月」之類的話吧。

「莉莉絲大人，就算這傢伙是我的下屬，她也跟如月沒什麼關係。她還是隸屬於這個國家，是緹莉絲派到我身邊幫忙的女人。她一天到晚找我碴。」

聞言，莉莉絲盯著看似個性剛強的雪諾的眼睛，露出愉悅的笑容。

「原來如此，我從她身上感受到不肯向邪惡屈服的堅毅意志。像這樣讓充滿正義感的人墮入邪道時，能得到非比尋常的快感和惡行點數呢！」

「唔嗚嗚嗚嗚嗚！呼唔嗚嗚嗚嗚嗚嗚嗚嗚嗚嗚！」

眼神中蘊藏怒火的雪諾發出了呻吟聲。

「哈哈哈哈，很好，真是個傑出的人才！儘管掙扎吧。要降伏於我等，只要輕輕閉上雙眼就行！……好，先從家族下手。六號，去調查她的家族成員。像她這種人，只要利用家人跟她交涉，說不定意外地不堪一擊呢。」

「唔！」

「我記得這傢伙是貧民窟出生的孤兒，沒有家人。」

看到我和雪諾的反應，原先放聲大笑的莉莉絲停下動作。

「無法採取家族作戰，那就……下一個！根據報告書上所寫，妳是騎士嘛。騎士的本分就是保衛。那就讓我看看妳的本事……六號也過來幫忙！」

「啊，妳在幹嘛啦，莉莉絲大人！這可不是鬧著玩的耶！」

我跟雪諾一樣被觸手層層纏捲。莉莉絲在我眼前抬起一塊感覺相當重的石頭。

「聽好了。待會兒我會用繩子綁住這塊石頭吊起來，並把六號的頭放在石頭下方。雪諾，妳給我咬住繩子前端！」

這傢伙在說什麼啊。

「請等一下，莉莉絲大人。這樣我的頭會出大事耶！」

「沒差，你的腦袋早就出大事了。別說這些了，六號，你仔細看。嘴上說著會保護弱者這種漂亮話的人，被逼到絕境時會做出什麼行動！我最喜歡看這些人露出本性的那一刻！」

這個人的個性果然很扭曲。

莉莉絲興奮難耐地進行準備工作。但我也察覺到一件事。

因為倒在我面前被綁住的這個女人以前曾經吻過我。

換句話說，她是超級符合傲嬌一詞的女人。

沒錯，在她心中對我沒有憎恨，而是思念之情。說不定她會為了我全力抵抗。

準備完成後，莉莉絲露出一抹和瘋狂科學家十分相襯的笑容，樂呵呵地跟雪諾說：

「六號的頭是否能倖免於難，一切就操之在妳了……重要的夥伴、親愛的友人、最愛的戀人。將上述存在和自己的性命放上天秤兩端時，妳會怎麼選擇？」

以抬上空中的觸手為支點，我的頭上有個被繩子綁住的石塊。

莉莉絲將塞在雪諾口中的觸手拿開，並將繩子前端放進她嘴裡。

「一分鐘。如果妳能撐住一分鐘的話……」

莉莉絲還沒說完，雪諾就像要搶過來似的咬住繩子。她將上半身向後弓，繃緊繩子後，毫不猶豫地鬆口放開。

「好痛啊啊啊啊啊！」

「喂、喂喂，妳在幹嘛啊！六號，聲音挺大的，你沒事吧？」

被掉落的大石頭擊中頭部後，我扭動身子抗議道：

「想也知道不可能沒事！莉莉絲大人，快把觸手解開！我要讓這個被綁得無法動彈的女人嘗嘗色情同人誌那種待遇！」

頭上腫了一個包的我在被五花大綁的狀態下狂踹雪諾。

「高潔尊貴的葛瑞斯騎士絕不向邪惡低頭！」

「聽妳在放屁，平常根本毫無騎士風範！而且讓石頭掉下來之前，妳還拉緊繩子才鬆開吧！妳是故意把石頭抬到高處才放下來的吧！」

「那又怎樣，該死的罪犯！我終於發現，自從跟你扯上關係後，我的人生就開始走下坡！什麼如月，什麼邪惡組織！我已經跟你們劃清界線了！滾一邊去！」

雪諾跟我一樣，在被五花大綁的狀態下狂發牢騷、踢我還擊。這時莉莉絲對她說：

「這個人是怎樣啊……家族作戰和重挫正義感作戰都行不通。再來就只能用錢財或物品讓她上鉤了……」

聽到莉莉絲這句低喃，雪諾忽然停下動作。

「……我不會要妳脫離葛瑞斯王國。要不要先從實習戰鬥員開始做起？像六號這樣，同時收取葛瑞斯王國和我們組織的薪俸就行了。」

「唔……！我可是前葛瑞斯王國近衛騎士隊長，妳以為我會被這種甜言蜜語迷惑嗎，莉莉絲主公！其他的呢？待在如月還有其他好康嗎？」

被五花大綁的女人說出了可疑的敬語。雖然被她嚇得面部抽搐，莉莉絲仍繼續說道：

「雖然如月的薪水不高，但福利相當完備。有傷病給付和老年保障，就算因傷退役，也能過著悠閒又和平的生活。還有……我記得妳很喜歡刀劍這類武器吧？我們組織珍藏了這顆行星所沒有的數把名劍——」

莉莉絲還沒說完，雪諾就輕輕地閉上雙眼。

3

雪諾被釋放後，我和莉莉絲要求她帶路，來到了某座設施。

「這裡是淨水設施。雖然現在幾乎沒在使用，但你們想做什麼？」

水在這個國家十分寶貴。

現在雖然是由羅素製造水源，但要是他有個萬一，現今的體制就會崩盤。

雪諾帶我們來的這座淨水設施雖然也設置了一口大井，但往裡頭一瞧，井底早已乾涸。

「我要利用如月的技術讓這口乾涸的水井復活。之所以無水湧出，是因為地層太淺。只要繼續深掘，應該就能湧出水源了。」

看樣子，莉莉絲似乎要履行剛剛和緹莉絲交換的承諾。

我對正在觀察水井的莉莉絲耳語道：

（莉莉絲大人、莉莉絲大人，可以隨意進行技術移轉嗎？）

（在他們要求武器類的技術之前，先教他們一些移轉也無所謂的技術。畢竟對我們而言，深掘技術根本微不足道。讓當地人看看我們的高度技術，進而確保優勢。在無知的人眼中，高科技就像魔法一樣。讓愚昧無知的當地人將我等當作神靈一般崇拜！）

真不愧是邪惡組織的高級幹部，理所當然地瞧不起當地人。

（雖然這種想法很齷齪，但我也想受人崇拜耶，莉莉絲大人。可以讓我參一腳嗎？）

（只要別妨礙我就行。當我叼起菸捲，你就負責替我點菸。）

（莉莉絲大人，妳不抽菸吧？）

看到我們開始竊竊私語，雪諾疑惑地喃喃道：

「你們願意讓水井復活，我是很感激啦，但奉勸你們還是打消念頭吧。若想深掘地層，地面似乎就會湧出又黑又黏的水。」

「妳叫雪諾是吧？靠近一點說話好嗎？」

「莉莉絲大人，我想在高級華廈裡被漂亮姊姊服侍，過著每天暢飲香檳的生活。」

發現我們眼神驟變，雪諾有些顧慮地說：

「那種東西能派上什麼用場嗎？我先把話說在前頭，挖出的資源歸我國管轄，必須經由上級核准……」

「雪諾小姐，這種黑水對現在的你們來說只是沒用的廢物，但對我們而言卻相當實用。雖然需要經年累月的技術才能運用這種黑水，但要是賣給我們，雙方就能達成互惠雙贏的關係……」

我對一臉嚴肅地進行說明的莉莉絲說：

「莉莉絲大人、莉莉絲大人，這樣跟她說比較快……欸，雪諾，只要妳肯忘了黑水的存在，這筆交易賺來的錢就分一點給妳。還有……妳想要哪一種日本刀？」

「雖然我根本不知道你說的黑水是什麼，也毫無記憶，但比虎男大人給我的那把刀再長一點就好。啊啊，要挖掘此地的話，我現在就去跟上級徵求許可。你們可以先開始動工。」

目送態度驟變狂奔而去的雪諾離開後，莉莉絲說：

「吶，六號，勸你挑選部下時還是謹慎一點。」

「但那傢伙是我的小隊中最適合加入如月的人耶。」

光看她對金錢和功勳如此貪婪的樣子就一目瞭然了。

這時，恢復冷靜的莉莉絲露出狂妄的笑容。

「無論如何，已經得到她同意挖掘的許可了。既然這點深度就會湧出，就能期待這塊地底下的原油埋藏量！呵哈哈哈哈！六號，我們要發大財了！」

「不愧是莉莉絲大人，根本沒打算向如月本部匯報呢，實在太酷了。」

「對吧對吧！你可以繼續稱讚莉莉好棒棒喔！」

雖然不知道她要如何將開採的原油精製出售，但她好歹是最高幹部之一，應該會有一兩個祕密管道吧。

莉莉絲雀躍地傳送便條紙後就操作觸手，開始組裝送達的開採用機材。

「那就趕快來試挖看看吧！視油田的質量和埋藏量，必須在這裡建立巨大的鑽油平台才行。哈哈哈哈哈哈哈！我的夢想越來越遠大了！……哦？」

嗨到最高點的莉莉絲開始挖掘後，井底就緩緩冒出又黑又黏的某種液體。

但這種湧出的液體，怎麼看都不像石油。

因為以前被派遣到中東地區鎮壓局勢時，我有看過鑽油平台。

「莉莉絲大人，這真的是石油嗎？」

「真、真奇怪。我也覺得不太對勁……」

這種不尋常的感覺是怎麼回事？

明明只是普通的液體，但培育至今的第六感告訴我，情況似乎不太妙……

——這時，黑色液體忽然撲向莉莉絲。

「唔哇啊啊啊啊！等等、這什麼啊！六號！六號——！」

「莉莉絲大人，這是史萊姆！這傢伙很色，只融解美少女的衣服，把她們剝個精光！」

雖然用觸手擋下飛撲而至的史萊姆，但莉莉絲雙眼泛淚地喊道：

「六號，完蛋了。再這樣下去，我會被迫陷入色情遊戲那種處境！快把能攻擊史萊姆的武器送過來！」

從井底不斷湧出的史萊姆，數量已經相當驚人了。

就算出動所有觸手也很難完全擋下。

「抱歉，莉莉絲大人。這種場面難得一見，我可以再多看一會兒嗎？」

「擊退史萊姆之後，如果你不在乎會被我整成什麼德性，你就儘管看吧！」

我覺得生命受到威脅，決定還是乖乖聽話。

……不，等一下。

「糟了，莉莉絲大人。我的惡行點數被暫停使用了。」

「啊啊啊啊，這麼說來確實如此！六號，從我的白袍口袋拿出便條紙！用我的傳送裝置和惡行點數吧！現在我的眼睛必須緊盯著操控觸手，沒辦法分神！」

莉莉絲的雙眼因為過度集中精神而布滿血絲。聞言，我將手伸向白袍——

「這樣妳之後不會控訴我對妳性騷擾之類的吧？被莉莉絲大人開口求助，這可不是鬧著玩的耶。」

「我不會這麼做！話說是白袍側邊的口袋啦，你到底在掏哪裡！」

從白袍口袋拿出便條紙和傳送裝置後，我將能攻擊史萊姆的武器……

「什麼武器能攻擊史萊姆啊？像蛞蝓那樣用鹽巴對付嗎？」

「誰知道啊！火焰放射器或液態氮那種就行了！」

我寫下火焰放射器和液態氮。

「莉莉絲大人，我想要沒追完的漫畫新刊。可以順便申請嗎？」

「要申請多少隨便你！六號，之後給我走著瞧！」

很遺憾，我健忘的程度可是連愛麗絲都自嘆不如呢。

當莉莉絲淚眼汪汪地防禦抗戰時，我哼著歌寫下便條。就在此時——

「你、你們在做什麼！」

前去徵求什麼上級許可的雪諾拔出魔劍衝過來。

她用熊熊燃燒的刀身直接劈斬後，不知是不是怕熱的緣故，只見史萊姆紛紛潛入井中。

「六號，跟本部申請速乾水泥！我要封印這口井！」

聽到莉莉絲氣喘吁吁地下達指令，我就在便條紙上速速動筆。

「等、等一下，那我的分紅跟日本刀怎麼辦？」

「那種黑水跟我們想要的東西不一樣。所以……」

我在便條紙上追加一把日本刀，就傳給本部了。

過了一會兒，漫畫新刊和日本刀連同大量水泥和鏟子送了過來——

「喏，日本刀送妳。」

「太棒了！」

「好啊～六號，給我過來一下！」

——我們剛埋完水井，就被雪諾帶到另一口乾涸的水井。

「但妳何必用黑水這種含糊的說法啊。如果是史萊姆的話，一開始就直接說清楚啊。」

「我哪知道啊。我只聽說湧出黑水後就中斷挖井的工程了。」

雪諾這麼說，並看向用莉莉絲的惡行點數得來的刀，樂呵呵地露出危險的笑容。

再來就是……

「莉莉絲大人，妳差不多該消氣了吧。這只是可愛部下的惡作劇。」

「唔……真想揍扁這個男人……對了，我不會再挖掘水井了。要是又跑出剛剛那種東西怎麼辦？」

雪諾對口出埋怨的莉莉絲說：

「嗯……遇上那種事也無可奈何。而且對外行人來說，挖掘水井也非易事。光是願意向我國提供協助這一點就……」

面對臉上掛著笑容如此說道的雪諾，我以單手遮住她的嘴。

「妳在說什麼蠢話！我們莉莉絲大人的字典裡沒有不可能三個字，區區水井一下子就挖好了！之後她會展現出『莉莉絲大人好棒棒』的一面，快去召集觀眾過來！」

「等等！」

我連珠炮似的擅自轉述莉莉絲的心情。或許因為這次的水井位於市中心，圍觀群眾紛紛聚了過來。

「莉莉絲大人，有好多人在看耶。這是讓大家覺得莉莉好棒棒的大好機會。」

「啊啊，可惡，我知道了啦！畢竟對人類來說，水是最貴重的資源。總有一天，我會將城外那片荒野和沙漠地帶變成肥沃的大地！科學會凌駕於自然之上！」

過去莉莉絲曾試圖綠化歸屬管轄境內的撒哈拉沙漠。

她說要用納豆菌讓沙漠保水，結果居民們群起叛亂。

聽到要在沙漠中遍撒納豆，任誰都會如此吧。

我也不例外。

「綠化是無所謂，但這次請妳不要撒納豆了。不管怎麼想都很像恐怖攻擊。」

「誰說要直接撒納豆啊！我是要你們這些戰鬥員加工保水效果極高的納豆樹脂，再廣為噴灑，哪有說要……！」

莉莉絲說了些莫名其妙的話。而雪諾沒有多加理會，開始在水井旁邊向圍觀群眾們發表演說。

「待會兒我帶來的這些人就會讓這口乾涸的水井復活！當水井成功復活後，請將這樁美事廣為宣傳……」

看來她想沾我們的光，開始宣揚戰功了。

「吶，六號。你真的要慎選部下。」

「就像我們無法選擇理想的上司，選部下時也會出點差錯嘛。」

4

開始挖井後過了三小時。

「莉莉絲大人，完全沒有水湧出來耶。圍觀的鄉民都回去了，我也差不多厭煩了。」

「這可是如月引以為傲的超高性能挖掘機啊，真是怪了。理論上只要不停地往下挖，總會有水冒出來。不然設定成自動運轉，直接放著不管好了。」

戰鬥員的惡行點數根本叫不出這種挖掘機，但在最高幹部莉莉絲心中，高性能挖掘機的地位也不過如此。

這時，在我們身旁參觀的雪諾說：

「喂，六號。真的會有水冒出來嗎？要是確定有水，我打算不惜借錢也要籌措資金，把這一帶土地都買下來耶。」

水資源在這個國家實屬貴重。

如果水井重生，周圍的地價自然會上漲。

可是……

「雖然我們說這種話不太妥當，但最近妳完全沒有騎士的風範可言耶。初次見面時那個清風高潔的騎士到哪去了？」

「少囉嗦，六號。騎士也要吃飯、穿衣服啊。活著就要用錢，你也跟愛麗絲拿零用錢啊，沒資格說我。」

看到我們因為這種事爭吵，莉莉絲輕聲笑了起來。

「你們感情可真好。呵呵，六號，這樣好嗎？要是被阿斯塔蒂看到這個畫面……」

我對語帶調侃輕聲竊笑的莉莉絲說：

「哎呀，請妳手下留情啊，莉莉絲大人。我跟這傢伙真的不是那種關係，這樣我很傷腦筋呢。」

「關於這一點，我跟你持相同意見。我喜歡更有錢的人。」

「是、是嗎……真抱歉，我沒想到會被你們如此嚴正地否定……之後的工作就交給挖掘機吧，今天就……」

我開口打斷正想說些什麼的莉莉絲。

「喂，雪諾，繼續繼續！我很了解開發中國家的煩惱。水資源問題解決之後就是糧食了！就靠莉莉絲大人的頭腦和高度技術移轉來填飽肚子吧，莉莉好棒棒！」

「等一下！」

——我帶著企圖抗議的莉莉絲跟著雪諾到下一個地方……

「這裡是我國的農業設施。」

我們倆抬頭看著那棟建築物說：

「莉莉絲大人，這感覺只是普通的工廠。」

「對啊，六號，是工廠呢。」

一棟近代建築格格不入地聳立在奇幻世界中。

這棟水泥建造的工廠就算出現在日本也不足為奇，卻莫名其妙地蓋在這裡。

「怎麼辦，莉莉絲大人？地球有些地方也會在工廠內部種菜。這樣就不能展現莉莉好棒棒了。」

「等、等一下，六號。已經沒時間慌張了。先到裡面參觀一下，確認是不是水耕栽種法吧。」

莉莉絲對我這麼說，卻完全藏不住心中的動搖之情。說完，她走進工廠。

「咦……這是怎樣……」

莉莉絲看到工廠內部後，驚訝地低語。我也緊接在後地踏進工廠。

「……莉莉絲大人，我真的太小看這個國家的人了。這些人實在太扯了。」

「看到這一幕之前，我也以為他們是更善良的人呢……」

與其說這是農場，不如說是強制勞動場。

以半獸人為首的人型魔獸正在工廠內的田地裡耕作。

有個散發著炫目光芒的神祕物體，如螢火蟲般在田地上輕飄，將門窗緊閉的工廠內照得一片明亮。

「喂，雪諾，過來。妳過來一下。」

「六號，這該不會是奴隸制度吧？奇幻世界好可怕，開發中國家有夠恐怖。俘虜竟然毫無人權可言……」

看到我們有點退避三舍的反應，雪諾不解地問：

「怎麼，你們國家不會利用家畜農耕嗎？」

「莉莉絲大人，這傢伙剛剛把那些魔獸稱為家畜耶。」

「我們國家過去也會利用家畜耕田，但牠們不是人型啊。人型耶。雖然會讓牛或馬拖曳農具，但眼前這一幕實在有點……」

日本在戰國時代也有農奴制度。這個世界的文明水準比較低，就算仍有奴隸制度也不足為奇……

「雖然聽不懂妳在說什麼，但這是雙方取得共識，而且效率極佳的作業系統。我們會保護無法單獨生存，相對溫和的流浪半獸人，並提供妥善的膳食，讓他們自願工作。當他們壽命將近時，我們會心懷感激地享用他們。我覺得這樣很合理啊……」

「邪惡。六號，這裡太邪惡了。把人家壓榨完後，居然還要把他們吃掉。要把那種人型魔物吃掉耶！」

「是啊，他們會吃那種人型魔物。而且妳知道嗎？那些魔物還會說話呢。」

莉莉絲不禁後退。明明是幹部竟然這麼膽小。

「太邪惡了。六號，這裡真的太邪惡了！」

當我們被這種合理過頭、連邪惡組織都不禁臉色慘白的農業制度嚇得不輕時，雪諾說：

「你們也會做同樣的事情吧？除了外型有點像人，還會講話之外，我們到底哪裡不一樣？在這個殘酷的世界中，他們得以安穩度日直至壽命將盡。我們也可以獲得勞動力與肉品。這就是你們常說的雙贏啊。」

「是這樣嗎……我覺得不太一樣耶……」

「明明是一起務農的夥伴，為什麼最後要把他們吃掉啊？我不懂，這個邏輯我完全不明白。」

這或許就是文明人和野蠻人的差別吧。

「看來你們國家比較和平，糧食也不虞匱乏吧……」

話雖如此，看了工廠內的那些半獸人，他們確實沒有愁雲慘霧的樣子。

撇開倫理問題不談的話，的確滿合理的……

……這時，莉莉絲像是要轉移話題般，指著在空中輕飄的光點問道：

「那個在發光的是什麼東西？以螢火蟲而言有點太大，光芒也比較強。畢竟都足以培育農作物了。」

真不愧是科學家，她雙眼閃閃發亮地問著雪諾。

「啊啊，那是妖精。」

「「妖精？」」

聽到雪諾一本正經地這麼說，我們不禁異口同聲。

「對啊，就是妖精。這種溫順的生物只能活在水源清澈處。這一帶水資源貴重，妖精只能生存於此，所以我們像這樣讓妖精住在工廠內。多虧他們時常為室內提供光照，我們才能隨時種植蔬菜。」

經雪諾這麼一說，我仔細一看，發現綻放強烈光芒的那個生物確實呈現出嬌小的人型。

只要有利用價值，這些人居然連這麼可愛的生物都會加以利用啊。

該怎麼說呢。總覺得連我們組織都算是佛心企業了。

「……不過你們為什麼這麼執意要在室內種植作物？雖然日照稍嫌強烈，但仍有剩餘的土地。在室外耕作不是更好嗎？」

「……？你們國家不會有空中魔獸攻擊農田嗎？」

對了，這裡可是奇幻世界。

如果獅鷲一類的大型空中魔獸降落在農田上，農作物馬上就會全數毀滅了吧。

「該怎麼說呢，這顆行星還真是毫無道理可言……到底有沒有占領的價值啊……」

「莉莉絲大人的工作就是想辦法解決這些問題吧。教導居民如何對付會飛的魔獸，讓大家稱讚莉莉好棒棒吧。」

說到日本的飛禽害獸，大概就是烏鴉吧。但翼龍這種生物，在這顆行星隨處可見。

如果是那麼強勁的對手，捕獸網這種等級的工具應該無計可施。

「唔……要不要用巨大欄杆把農場圍起來？不不，這跟現在在工廠內耕作的制度沒兩樣……還是驅除飛禽害獸？……眼下連森林裡的魔獸都疲於應付了，這也不太可行……」

莉莉絲面色凝重地環起雙臂，喃喃自語。

但我能想到的方法，頂多也只是在農場正中央裝備自控式對空機槍而已。

這種問題還是交給頭腦聰明的人去思考好了……

「好，六號，用農藥吧！在這裡灑上超強效農藥，種出魔獸無法攝食的農作物就好了！我這裡正好有種很強的農藥，雖然是以前的試作品，但人類只要吃上一口，就會在短時間內斃命。用這種農藥就能把魔獸一舉殲滅了！」

「莉莉絲大人，妳跟蠢蛋真的只有一線之隔耶。」

不過，只要能將魔獸驅逐，問題就解決了。

……啊啊！

「對了！莉莉絲大人，我有個好主意！就是尿液，尿液！請給我超強莉莉絲大人的尿液！」

「等等，我聽不懂你在說什麼。要是敢再靠近我一步，我就把你揍飛喔。」

即使是天才莉莉絲，光聽到「尿液」二字，也沒辦法理解我的意思吧。

「什麼嘛，莉莉絲大人……既然妳這麼排斥，我就去跟虎男先生討點尿液好了。」

「抱歉，六號，你好像需要休息。對了，去北海道附近旅行吧。在大自然的環繞下，好好療癒你的身心靈。」

——莉莉絲用充滿同情的眼神看著我。我只好向她說明原委。

「……你們還是一樣盡做些蠢事。真虧你敢拜託虎男幫這個忙。」

哎喲，拜託別用這種看白痴的眼神看我。

「雖然他百般不願，但我擅自搬出莉莉絲大人的名號之後，總算說服了他。」

「就是這個！就因為你一天到晚做這種事，我的名聲才會一落千丈！還有，虎男的排泄物之所以有用，只是讓對方基於動物本能感到恐懼而已。用我的排泄物一點意義都沒有。」

莉莉絲邊說邊警戒地從我身邊退開。

「凡事都要勇於嘗試，不然哪知道結果如何呢？在嘗試之前就打退堂鼓，根本是喪家犬的思維。」

「少囉嗦，不要在這種時候才滿腔熱血，你又不是這種人。我要把這些話偷偷告訴阿斯塔蒂喔。」

雪諾雖然被我們嚇了一跳，但她忽然陷入沉思。

「嗯……雖然你們說的話不太正常，但或許值得一試……」

「我還以為只有我們的戰鬥員腦子有病，沒想到這裡的人也不太正常。除了我以外，這個世上的人果然都很蠢。」

「既然雪諾也這麼說，就拜託莉莉絲大人幫忙了。我們會轉到另一邊去。」

當莉莉絲從白袍底下伸出蠢動的觸手，試圖恐嚇我們之時……

「不，我說的『值得一試』，是指利用強大魔獸的排泄物。」

聽到雪諾冷靜地這麼說，我們倆互看了一眼。

5

居於沙漠中的巨大地鼠是砂之王。

據雪諾所說，住在我們基地附近那座森林的巨大蜥蜴，就是森之王。

與其並駕齊驅，支配空中領域，讓這顆行星的居民聞風喪膽的大魔獸則是……

「等等，雪諾。呃，我知道『空之王』這傢伙很厲害。這種生物的尿液一定能讓魔獸為之恐懼。可是……」

莉莉絲一臉嚴肅地說：

「因為我是科學家，不是戰鬥員。呃，雖然身為最高幹部，也不至於無法戰鬥，但我覺得這樣不太對耶。」

「妳這樣太難看了，莉莉絲大人。不管怎麼說，只要擊退難纏的魔物，就能順利開發這一帶的土地。就讓我們見識見識幹部的威猛之處吧。」

離開葛瑞斯後，我們來到一座荒蕪的大地。

「呵呵，我的聽力很好，早就聽說了喔。憑莉莉絲主公的力量似乎能開拓魔之大森林吧？而且還憑一己之力就擊退了眾多魔獸和蠻族……」

雪諾露出狂妄的笑容。她到底是哪裡聽來的？

「我剛剛就窺見了您身上許多未知的力量。若莉莉絲主公出馬，應該有辦法對抗大型魔獸吧……？」

說完，雪諾對莉莉絲投以滿懷期待的眼神……

「呃，當然可以啊。那還用說？我是幹部耶？雖然我在最高幹部當中不是最會打架的，但聽空之王這個名字，應該是在天上飛的魔獸吧？既然如此，擅長遠距離攻擊的我可說是最適合的人選。但採集那種魔獸的尿液應該不是我的工作吧。」

「拜託別再扯那些又臭又長的事了，莉莉絲大人。喏，我會把在這顆行星找到的黃金甲蟲送給妳。」

「那我也把在森林裡抓到的橘色小莫吉莫吉讓給妳。應該可以賣到好價錢喔。」

語畢，我向莉莉絲展示甲蟲。她雖然很感興趣……

「你們把我當成什麼了。身為科學家，我對甲蟲和螯蝦很有興趣，待會兒會照實收下就是，但怎麼有種被硬塞差事的感覺啊……再說，我應該只承諾單純的技術移轉，為什麼變成要和巨大怪獸對抗？我是科學家，是技術員耶。我說過好幾次了，我不是戰鬥員。」

平常只要拿有點新奇的東西給她看，她大部分都會上當，唯獨今天特別難應付。

「莉莉絲大人，妳不是喜歡魔物獵仔嗎？這就像狩獵大型怪物的任務啦。不同以往的是，這是如假包換的現實。吶，莉莉絲大人，跟我一起去狩獵吧。」

…………

「狩獵任務……跟你一起去狩獵……」

超愛玩遊戲的莉莉絲上鉤了。

再來只差臨門一腳就能解決。

「照這樣看來，空之王一定就是龍！妳不想看看龍長什麼樣子嗎？在森林打倒的那隻雖然是蜥蜴，但這次絕對是龍沒錯。一起擊退那個什麼空之王，成為屠龍者吧。」

「屠龍者……龍……龍族……！」

莉莉絲的眼睛都發亮了。

「讓六號拿23釐米對空式機關槍，我用熱源探測型的火箭筒……」

都還沒看到巨大魔獸的影子，莉莉絲就開始思考對空戰了。在她面前的我們則是……

（喂，六號。雖然同樣慫恿莉莉絲主公的我說這種話不妥，但你到底在想什麼啊？今天怎麼特別積極幫我？）

（這一帶空中不是有很麻煩的巨大魔獸嗎？就得趁這個機會把牠獵下來才行。反正總有一天會輪到我。）

沒錯。都已經被迫得知有這種難搞的怪物了，未來他們絕對會拜託我前去討伐。

我也是會記取教訓的。這種隱憂最好先解決掉比較好。

（空之王好歹是這個國家的守護獸，被獵下來可就傷腦筋了……不，可是與之一戰，高價的空之王羽毛就會在這一帶撒得滿地都是。這樣的話……）

看到雪諾神情凝重地陷入長考，我才發現這傢伙為什麼要找我談這件事。

可是……

「守護獸啊……」

出手狩獵有如此美名、備受尊崇的生物，感覺會被痛罰一頓……

「六號！雖然我忘記他叫什麼名字了，但我們變成屠龍者之後，就去找暴龍戰隊的那個什麼鬼戰士吧！『暴龍戰隊實在太帥了。不過，我們可是打倒過真正的龍喲』我要說這種話挑釁他！」

「就因為妳老是做這種事，才會被英雄協會列為重金懸賞對象第一名啦。」

對興奮握拳的莉莉絲吐槽後，我露出苦笑。

雖然這個幹部很脫線，但跟她一起行動，就無須擔心敗北的問題——

6

「騙子！六號你這大騙子！什麼屠龍者啊，這不是麻雀嗎！怎麼看都是一隻大麻雀！」

「別對我抱怨，要罵就罵這顆行星的生態系吧。現在鳥大便比較重要，好了，快點採集吧。」

空之王是隻麻雀。

但卻是隻超巨大麻雀。

大到連我之前打過的那隻獅鷲都顯得嬌小。

「真奇怪，以航空力學而言，不管怎麼想，這個形體和大小都不合邏輯啊！」

「別再扯這些莫名其妙的事了，快點撿大便。莉莉絲大人是科學家，應該很擅長採集樣本吧。」

巨大麻雀在城鎮附近的荒野上一邊跳著走，一邊用喙刺啄著大地。

「六號，怎麼辦，唯獨驅逐麻雀這件事我做不到！小時候我在庭院裡撿到一隻孱弱的麻雀飼養過，從此以後我就只對麻雀無比憐惜……」

「妳是邪惡組織的上級幹部吧，幹嘛說這種可愛的事情啊！事到如今才想添加這種設定，也無法扭轉人氣上司的投票結果！」

我和莉莉絲躲在滾落在地的岩石後面，從遠處觀察並這麼說道。

「喂，六號，空之王的好奇心非常旺盛。你去引開牠的注意力，我跟莉莉絲主公就趁這段期間去採集空之王的掉落物，如何？」

雪諾獨自冷靜地在巨大麻雀面前這麼說。

「那我就會被吃掉吧。既然要吸引牠的目光，妳那頭耀眼奪目的白髮不是更適合嗎？採集大便這種骯髒事就交給我吧，妳去做更有騎士風範的工作。」

「不不，怎麼能讓隊長撿拾鳥類的排泄物呢？這種骯髒的工作應該讓屬下來做。你就負責充滿榮耀的誘餌工作吧。」

……………

「喂，妳自尊心這麼高，居然會一馬當先跑去撈大便，應該有什麼隱情吧。我知道了，空之王的大便可以賣到不錯的價錢是吧？」

「才、才沒有呢！我可是無愧於心。最近我還在學習科學，當愛麗絲的助手呢。沒錯，這就是所謂的科學觀點，出於好奇心使然。我只是想挖空之王的大便而已，沒其他意思！」

「你們夠了沒啊，一直把大便這個字掛在嘴邊，吵死了。又是尿尿又是大便，從剛剛開始就像在聽小學生聊天似的。」

莉莉絲傻眼地說道，但這番話對小學生來說太失禮了吧。現在的小孩應該更聰明一點。

「嘖，那就沒辦法了。我去引開牠的注意力，大便就麻煩妳們了。雖然搞不太懂，但如果有值錢的大便，記得算我一份喔！」

「好，包在我身上！順帶一提，大便本身毫無價值。是大便裡頭偶爾會挖到寶！」

聽雪諾這麼說，應該是指閃閃發光的寶物吧。

「就說你們能不能換個說法……」

我把莉莉絲的低語拋諸腦後，奔向空之王身邊。

「空之王喜歡亮晶晶的東西！如果有什麼值錢的物品，就用那個吸引牠的目光！」

聽到雪諾的建議後，我拿出了藏在懷裡的壓箱寶。

「喂，看這裡，你這隻臭麻雀！快看這個東西！」

見我衝至眼前，正在地上到處啄挖的空之王抬起頭來。

「這是我在森林裡找到的黃金大甲蟲！快看，如果你想吃……！」

「喂喂喂喂！你在幹嘛啊！那不是要送給我的嗎！」

之前說要送她的時候，明明還一副要拿不拿的樣子。但莉莉絲可能不知不覺對這隻蟲產生了好感吧，只見她發出了哀號。

或許是被閃耀著金黃色澤的甲蟲吸引，空之王的視線直盯著我的手。

就這麼拿著大甲蟲走過去，牠可能會連同我一併攻擊。

於是我輕輕地將甲蟲放在空之王腳邊……

甲蟲就被牠一口吞了。

「就是現在！」

「還說什麼『就是現在』啊！被吃、被吃掉了！我的甲蟲被吃掉了啦！」

正當可憐的甲蟲淪為餌食之際——

「六號，雖然都是亮晶晶的東西，但空之王特別喜歡寶石或金屬類！」

聽到逐步逼近空之王的雪諾這麼說後……

「那就交給我吧！這次就來看看這個吧啊啊啊啊！」

從黃金甲蟲一事得到教訓後，這次我猛然拿出全新的閃亮物品。

這是為了吵著要我買新項鍊的地雷女特地準備的珍貴逸品。

感覺這東西充滿了剩女的怨念，不過這樣一來就……！

……正當我揮舞著要送給格琳的項鍊，吸引空之王的目光時……

「啾。」

「啊！」

空之王抓的不是項鍊，而是握著項鍊的我。

「……莉莉絲大人，看來我就到此為止了。雖然這間公司是個狗屁倒灶的黑心企業，但長時間以來勞煩您費心了。請向阿斯塔蒂大人和彼列大人轉達我的保重之意……」

「幹嘛突然放棄啊！六號，你等著，我現在就把那傢伙打下來……！」

「等一下，莉莉絲主公，空之王是守護獸啊！要是牠被打下來，我會很傷腦筋耶！」

就在莉莉絲和雪諾爭執的期間——

「啾！」

我就這麼被空之王抓住，帶往高遠無邊的天際——

7

「……這裡是戰鬥員六號。莉莉絲大人，聽得到嗎？完畢。」

『這裡是莉莉絲，聽得非常清楚。我用人工衛星的通訊系統追蹤到一半，但在岩石區附近追丟了。你到底在什麼地方啊？完畢。』

被空之王帶走的我……

「我現在好像在空之王的巢穴裡。或許就如雪諾所說，牠的性格真的很溫馴，因此目前沒有受到任何攻擊。」

所在地點疑似空之王的寢居。

「莉莉絲大人，這裡很不得了耶。有一大堆閃閃發亮的東西。」

我被帶往的這個鳥巢中放滿大量的財寶。

難以計數的各式寶石簡直就是一座金山。

其中還有閃耀著詭異光芒，看似魔劍的物品及鎧甲。

『……六號，關於閃閃發亮的東西，我想問清楚一點。呃，反正是鳥類蒐集的玩意兒，

頂多只是玻璃珠或漂亮的石頭而已吧？』

莉莉絲這番話像是在說給自己聽似的。

「有超多寶石和金幣耶。還有很多類似魔劍的東西……」

我隔著無線電給出答覆。在莉莉絲含糊不清的聲音之後，就聽見雪諾用冷酷沉穩的口氣向我搭話：

『隊長，聽得見嗎？我是您忠誠的部下雪諾。幸好您貴體無恙。看到您被抓走時，我擔心到胸口疼痛欲裂……！』

妳誰啊？

『喂，把無線電還給我，不要從旁打岔！呃，如果你真的平安無事就好……對了，六號。你知道自己在哪裡嗎？本小姐親自去迎接你。』

……………

「雖然不知道確切位置，但大概是某個懸崖峭壁的狹縫間吧。我待會兒就提出繩索的傳送申請，自己爬下去再回去就好，妳不用過來了。」

『『那怎麼行！』』

我的上司和部下異口同聲地說。

「……巢穴一角有空之王的大便，我會慎重採集帶回去。」

空之王縮成一團窩在巢穴深處。我把項鍊給牠後就對我興趣缺缺了。

現在離開巢穴感覺也不會遭受攻擊。

『等等，六號，現在先把大便擺一邊吧。我更想知道巢穴裡那些閃閃發亮的東西……』

『能入侵空之王巢穴的機會可是少之又少！兩手空空離開的話實在說不過去。別管大便了，請把魔劍帶回來吧！』

我的上司和部下將原本的目的拋諸腦後，彰顯出自己的慾望。

「在這種狀況下，我當然不能帶走那些東西啊。只是大便的話倒無所謂，要是我拿了牠的珍貴財寶，牠絕對會追上來。」

說著說著，我往空之王瞥了一眼。只見牠愛不釋手地不停用鳥喙前端戳弄項鍊。

『真是太沒出息了！金銀財寶就在眼前居然還不出手，你這樣還算是個冒險者嗎！』

「我是戰鬥員。」

聽到我的吐槽，雪諾對我劈頭痛罵：

『莉莉絲主公說得沒錯！潛入空之王的巢穴中奪取財寶——這可是所有男人都憧憬不已的冒險故事啊！你要浪費掉這個大好機會嗎！』

雖說是空之王，也只是隻麻雀而已。

這樣的憧憬應該要建立在龍族巢穴的前提上吧。

我沒理會嘰哩呱啦吵個不停的兩人，開始將大便裝進袋子裡……

『六號，還不能離開巢穴喔！我們應該在附近了！』

『我不能讓隊長單獨涉險，要死也要死在一起！』

已經徹底改變目標的兩人氣喘吁吁地說著這些話……

是說，這兩個人真的很礙事耶。

要是她們直接殺到巢穴來，我不就更難逃出去了嗎？

正當我在思考如何說服她們時，空之王忽然抬頭。

空之王還在啄弄我原本要送給格琳的那條項鍊，牠好像真的很喜歡……

『……這裡是戰鬥員六號，呼叫基地的愛麗絲。情況變得有點詭異。搭檔，幫我出點主意吧。完畢。』

——項鍊從懸崖上的巢穴中掉下來。

莉莉絲的觸手一把抓住了從頭頂掉落而下的項鍊。

「咦，這是……？」

「這是剛剛那個男人拿給空之王看的項鍊……」

空之王飛出巢穴，可能是去覓食了。在巢穴留守的期間，我把項鍊拿回來，並往遠在懸崖底下行走的莉莉絲頭上扔下去。

可能察覺到這是我丟下去的東西，莉莉絲用項鍊擋光，抬頭仰望天際。

「六號，聽得到嗎？有一條項鍊掉下來了，你在附近吧？」

『這裡是戰鬥員六號。莉莉絲大人說得沒錯，我現在在妳們正上方。空之王差不多要回來了，麻煩兩位拖一下時間。』

「「咦？」」

莉莉絲和雪諾異口同聲地說完，一道巨大的黑影就籠罩了兩人。

吃飽喝足的空之王回到自己的巢穴了。

但空之王沒有直接回巢。看到莉莉絲舉著項鍊的模樣後……！

「啾啾啾！」

「誰說空之王很溫馴啊，根本超凶暴的嘛！」

「莉莉絲主公，是閃閃發亮的東西！牠鎖定的是妳手上拿的項鍊！」

莉莉絲挺身扛下誘餌一職時，我盡可能地搜刮金幣和空之王掉落的羽毛，把背包裝滿。

但現在就用繩索爬至地面還稍嫌過早。

難得有這兩個誘餌，放著不管也挺頭疼的，我就刺激一下這些誘餌的慾望吧。

『莉莉絲大人，我要把空之王積纂的財寶丟下去嘍。』

對兩名誘餌出言告知後，我猛地將巢穴中剩餘的寶石往地上撒。

「六號，幹得好！真有你的！唔，可惡的臭麻雀，等這些寶物掉到地上後，所有權就不屬於任何人了！別來搗蛋！」

「啊哈哈哈哈哈哈！啊哈哈哈哈哈哈哈！」

我不經意地從巢穴往地上看，只見莉莉絲用觸手擋下空之王的啄擊，同時用腳底踩住寶石，撈到自己身邊。

至於雪諾則放聲大笑地趴在地上，用雙手不停搜刮寶石。

「啾啾啾啾！」

「邪惡組織可是很貪婪的！這麼多寶石近在眼前，我怎麼可能被區區一隻小鳥逼退！」

「就是這個氣勢！就算對方是守護獸，我也不會手下留情！」

兩人被天上掉下來的寶石沖昏頭，絲毫沒有要離開的意思。於是我將她們扔在原處……

『這裡是戰鬥員六號，現在準備返回基地。好好期待伴手禮吧。完畢。』

『哦，辛苦了。不要受到牽連變成誘餌喔。完畢。』

我扛著空之王的大便和背包，悄悄地離開現場——

8

回收了財寶和大便後，我們回到公園內的臨時基地。

「受不了，有夠慘……我本來就喜歡宅在家。這種遭遇我可不想再體驗第二次了……」

莉莉絲整個人躺倒在草坪上大發牢騷。她的白袍口袋裡塞滿了寶石。

雖然我一個人先回基地，但無法攻擊空之王的莉莉絲似乎盡可能地撿了能帶在身上的寶石，逃了回來。

「雪諾那傢伙呢？」

「……她不肯放開寶石，所以被空之王抓走了。你從巢穴放下來的繩索還掛在那裡，只要她放棄那些寶石應該就能回來。」

我可不認為那個貪婪的女人會兩手空空地回來。我看大概有好一段時間見不到她了吧。

今天的基地建設工程可能停工一天，於是躺倒在草坪上的莉莉絲撐起上半身，向同樣待在基地的愛麗絲開口：

「愛麗絲，幫我一個忙！待會兒我要製造特殊的農藥！」

跟我們隔了一段距離的愛麗絲不知為何正盯著水桶裡面看。她瞧也不瞧我們一眼，說：

「辛苦妳了，莉莉絲大人。我正忙著觀察橘色螯蝦，那種無聊的差事下次再說吧。」

「哪裡無聊啊！再說，那是我的螯蝦！是我用勞力換來的東西！」

愛麗絲好像對雪諾飼養的小型莫吉莫吉非常著迷。

「愛麗絲，妳知道這個國家的農業型態嗎？他們居然會在工廠進行水耕栽植耶，讓我深感好奇！」

「我知道啊。」

「是不是很驚人！而且理由竟然是……」

聽到愛麗絲完全不看自己說出口的那句話，莉莉絲渾身都僵住了。

「因為飛行系的魔獸會攻擊農田吧。這我早就知道了。我就是要改變這種效率不彰的農業型態，正在進行研究啊。」

…………

「……咦？等等，真的假的？我可以姑且聽聽妳的研究內容嗎？」

莉莉絲可能覺得今天一整天的辛勞都化為泡影了吧，只見她滿頭大汗地詢問：

「這顆行星的魔獸有種習性，會避開強大生物的氣味。所以就用虎男先生令人厭棄的小便……」

「又來了，怎麼又是尿液啊！為什麼每個人都那麼喜歡排泄物啊！」

我對抱頭大吼的莉莉絲安慰道：

「冷靜點，莉莉絲大人。妳好歹是最高幹部，又是個女孩子，還是別太常把尿液兩字掛在嘴邊。」

「我又不是自願一直說這個詞的！……對了，虎男的那個真的有效嗎？」

愛麗絲的視線終於離開水桶，抬起頭來。

「不，虎男的效果一般。所以需要更強大的生物的排泄物才行……喂，莉莉絲大人，妳在這個水桶裡稍微……」

「我不會讓妳繼續說下去的！喏，就用六號帶回來的這個吧！」

莉莉絲打斷愛麗絲的話，一把搶走我手上的袋子遞上前去。

「愛麗絲就用這個繼續開發農藥吧。這段期間我就……」

說完，她從白袍口袋掏出金光閃閃的寶石……

「哈哈哈哈哈哈！快看啊，六號，是寶石！而且還是地球上從沒見過的！把這些帶回地球，肯定能賣到上好的價……」

「那是這一帶隨便都採得到的玻璃珠。這裡的大氣成分不同，導致看起來色澤不太一樣，但帶回地球後，就會變成隨處可見的玻璃珠了。」

莉莉絲將抓在手中的石頭扔出去。

「這、這是怎麼回事！愛麗絲，幫我鑑定其他石頭，總有一個可以高價賣出的……」

「每個都是一文不值的石頭……哦，這是電氣石耶。這種大小應該可以賣到三百日圓左右吧。」

讓愛麗絲鑑定寶石的莉莉絲忍不住雙膝跪地。

我沒有多加理會沮喪的莉莉絲，拿出塞在背包裡的金幣和空之王羽毛。

「我帶金幣跟脫落的羽毛回來當作伴手禮。聽雪諾說空之王的羽毛能賣很多錢。」

「幹得好，搭檔。羽毛我會拿來研究，金幣也由我保管。投資市場和行情應該都會看漲，如果你缺錢就跟我說一聲。」

太棒了，待會兒就跟她拿今晚的酒錢！

……聽到我們的對話後，滿臉欣羨的莉莉絲說：

「吶，愛麗絲，妳怎麼只寵六號一個人啊？我是妳的製造者耶。我也要把錢存在妳那裡，運用妳的情蒐能力……」

「妳自己看著辦吧。」

……她好像真的進入叛逆期了。愛麗絲如此說道。

第三章 VS泥之王！

1

採集完空之王的大便後，又過了三天。

「做得好，莉莉絲大人。這是妳來到這顆行星後第一次做出成果耶。」

「等等，應該不是第一次吧。我不是擊敗了森林裡那隻大蜥蜴嗎？還發現了神祕的地下設施。」

用了愛麗絲研發出的特殊農藥後，就算放蔬菜當餌食誘捕，天上的魔獸也沒再過來了。

這個國家隨處可見的神祕水泥建築似乎數量有限，如果能在室外耕作，糧食問題就能獲得改善。

蔬菜和穀物量增加後，也能飼育大型家畜。

換句話說，之後就不必再吃會講話的智慧生命體了。

就算我會提防不讓自己吃到，但還是不習慣眼睜睜地看著夥伴們吃半獸人肉。

雖然批評其他國家的文化有些荒謬，但如果可以的話，還是希望能廢除這個飲食文化。

「但莉莉絲大人的表現比想像中還要不起眼耶。我原本期待妳會更精湛地運用科學之力大興土木，或是用一兩個了不起的技術讓原住民大吃一驚呢……」

利用技術移轉和內政外掛大開無雙，讓大家稱讚莉莉好棒棒的計畫觸礁了。

話雖如此……

「沒辦法，莉莉絲大人。這顆行星的科學技術確實毫無進步，但他們有魔法啊。」

「就是那個啦。什麼魔法啊，少瞧不起人了！想跟科學吵架是吧！」

難怪莉莉絲會忿忿不平，說出這種愛麗絲會說的話。

這個國家的科學技術之所以不發達，似乎是魔法技術引發的弊害。

比如從現在與本國交戰中的鄰國——托利斯輸入的水精石。

當水精靈從其他地方喚來水源時，似乎要以此物作為代價。

……沒錯，水精靈。

「受不了，什麼精靈嘛！就算是奇幻世界也該有個限度吧！我把打火機拿給這一帶的居民看，本來想讓他們大吃一驚，結果他們說用火精石比較方便！火精石是什麼鬼啦！」

「雖說是魔法，似乎也並非萬能。我有個部下名叫格琳，之前我拜託她用魔法的力量幫我做出一個美少女，她也叫我不要小看魔法。」

聽到「格琳」一詞，莉莉絲不悅地皺起臉。

「格琳……格琳啊……是報告書上那個可疑的女人嗎？」

「可疑是可疑啦，但被一天到晚穿白袍的莉莉絲大人這樣批評，她應該會哭出來吧？」

與此同時——

《惡行點數增加》

「……哦？」

「……六號，難道你的惡行點數也增加了嗎？」

看到我露出不解的神情，莉莉絲也用相似的表情這麼問。

點數仍持續增加，語音也持續傳入腦海。

「是啊，不知為何忽然傳來語音，現在點數也在持續增加。難道莉莉絲大人也是？」

「嗯，我的點數也在陸續增加……這是怎麼回事？不把原因搞清楚的話，感覺不太舒服……」

在我們深感疑惑的這段期間，點數增加的語音仍沒有停歇。

繼續置之不理的話，感覺我的點數負值問題馬上就能迎刃而解。

「不只是我，連莉莉絲大人也一樣，真令人在意。這到底怎麼回事？」

「這是我的台詞吧。我在這顆行星還沒做出任何事，所以大概是日本發生了狀況吧。比如我和你像這樣打情罵俏的場景傳到阿斯塔蒂那裡，傷了她的心，就被歸結為惡行點數？」

那個超級傲嬌的上司應該沒這麼可愛吧……

「她是不是也裝了竊聽器？我們再繼續打情罵俏試試看吧。」

「哦，敬謝不敏……喂，你的手在幹嘛？要是對我性騷擾，我也有我的考量喔。」

……當我對莉莉絲伸出手，作勢要抓捏的時候——

「隊長，不好了！這個城鎮恐怕被魔王軍的間諜入侵了！」

剛剛的話題人物格琳隨著這句話一同現身。

格琳走下輪椅，光著腳在公園的草皮上走過來。

「……咦？怎麼回事啊，隊長。我才把目光移開一會兒，你的紅粉知己居然又增加了？你感覺沒有很受歡迎啊，為什麼豔遇這麼多啊！」

看到站在我身旁的莉莉絲，格琳毫不掩飾不悅這麼說道。

我指著莉莉絲說：

「這個人是我的上司莉莉絲大人。她是如月的最高幹部之一。」

「咦！」

聞言，格琳才恍然大悟地摀住嘴，隨即端正姿勢……

「初次見面，莉莉絲大人。我是與這位戰鬥員六號締結婚約的格琳．格里莫瓦。小女不才，還望莉莉絲大人給予批評與指教。」

格琳往公園的草皮上一坐，並伸出三指低下頭去。

「……六號，過來。你過來一下。」

莉莉絲朝我招手並離開原地，示意要我過去。

我乖乖地走向她後……

（婚約是哪招啊？你真的要在當地娶老婆嗎？你在地球時還會跟阿斯塔蒂打情罵俏，現在是怎樣？）

（不是在當地娶的老婆啦。我們只是約好，如果十年後彼此還是單身就結婚而已。而且我哪有跟阿斯塔蒂大人打情罵俏。）

（那根本就是婚約了好嗎？你跟阿斯塔蒂也甜蜜得很。）

我瞄了格琳一眼，發現她盯著在遠處竊竊私語的我們，並將手交疊置於腹部前，露出滿面笑容。

莉莉絲一臉無趣地走向格琳。

「算了，姑且先自我介紹一下……我叫莉莉絲，是祕密結社如月的最高幹部之一。也是所有怪人與戰鬥員之母──黑之莉莉絲！我跟這個男人合作很久了，要說的話就像家人一樣。我們家六號似乎受妳多方照顧了。」

她把手插進口袋，對由下往上盯著自己的格琳說道。

至於格琳本人則對上司這般小混混的態度無動於衷。

「母親大人，快別這麼說！反而是我經常受到六號大人的關照！」

「真的。我常常幫妳推輪椅，碰到有高低差的地方，還要搬著妳走過去，真是累死我了。而且稍不注意，妳還會馬上死掉。」

聽我這麼說，格琳氣得鼓起雙頰。看到老大不小的女人做這種動作，讓我一把火都衝上來了。

莉莉絲與氣憤的格琳完全相反，一臉驚訝地喃喃道：

「……咦？她剛剛叫我母親大人嗎？」

格琳沒把嚇到呆滯的母親大人放在眼裡，繼續鼓著臉頰說：

「就算你這麼說，但我不能穿鞋子啊，這不能怪我吧？我還是會覺得不好意思喔，所以才總是請身無分文的隊長吃晚餐。」

「這是兩碼子事。愛麗絲給我零用錢那天，我也會回請妳吃飯吧。還有，妳別再嘟嘴了。看到老太婆裝可愛，我覺得很不舒服。」

老太婆一詞可能觸犯了她的禁忌，只見格琳不發一語地撲過來。我正在與她過招時，莉莉絲再次低語道：

「喂，她剛剛是不是叫我母親大人……」

格琳不顧神色有異的莉莉絲，齜牙咧嘴地說：

「對喔，隊長為什麼要跟愛麗絲拿零用錢啊！你只要依賴我就好了！如果你願意跟我結婚，我會對你百般寵溺！」

這樣跟她結婚或許也不錯——雖然湧現出這種心情，但長年戰鬥員生活培育出的本能對我發出警告：唯獨此事萬萬不可。

「老實說我也挺猶豫的。但妳剛剛是不是有事找我？」

聞言，格琳才猛然回神，終於想起原來的目的。

「對，現在沒時間悠悠哉哉地寒暄問候！魔王軍的間諜似乎潛入城鎮裡了！沒錯，就像不死怪物祭典時那樣！」

聽到「間諜」一詞，我和莉莉絲不禁互看一眼。

「……這可不能置若罔聞呢。恐攻和破壞行動是我們的專長，這件事就交給我們處理吧。」

「沒辦法，老是讓妳請客嘛。期待今晚能品嚐到美酒喔。」

見我們爽快答應，格琳安心地展露笑顏。

2

我們被格琳帶到事發現場。

「發布避難警報！火焰能有效打擊泥之王！讓居民們避難之後，把所有火精石都拿過來！」

「油！快潑油！泥之王有智慧，被潑油後就會怕火不敢靠近！」

看著眼前淪為地獄般的光景，我們僵直了身子。

「莉莉絲大人，我心裡只有不祥的預感。」

「真巧啊，六號，我也打算直接離場。」

幾天前莉莉絲裝設了挖掘機後就放著沒管的那座枯井，不停湧出那個黑色的史萊姆。

「……怎麼想都是莉莉絲大人造的孽。」

「等一下，六號，先別急著下定論。應該經過充分驗證，導出正確答案才對。」

話雖如此，直到剛剛為止，我也把莉莉絲裝設挖掘機一事忘得一乾二淨。

現在我真想假裝此事與我無關，直接回基地觀察橘色螯蝦。

可是……

「莉莉絲大人，我的惡行點數從剛剛就一直不停增加耶。」

「是嗎？可見這被歸類為你的罪行了。太棒了，六號，這可是難得一見的大壞事。」

…………

「臭丫頭，幹嘛若無其事地把錯推在我身上啊？妳的惡行點數也在增加吧！怎麼辦，又要欠緹莉絲一份人情了嗎！」

「你的意思是我的錯嗎！啊——對啦，都是我的錯！因為我是邪惡組織的高階幹部，才會下意識到處破壞、胡搞瞎搞！沒辦法，誰教我是邪惡教主嘛！還真是對不起喔！」

「這傢伙居然惱羞成怒！我明明是請求援軍，結果這個該死的上司老是出包！喂，不准摀住耳朵，妳倒是說句話啊！」

我正在思考如何對付這個死不認錯、惱羞成怒的臭丫頭時，格琳不解地問道：

「你們從剛剛就在吵什麼呢？如兩位所見，這是泥之王。我現在要降伏它，請你們幫個忙吧。」

格琳的話中時不時會出現「泥之王」一詞，由此可見，她似乎知道這個史萊姆的真實身分。

「那個泥之王是什麼啊？跟這坨黑漆漆的東西有關嗎？」

「對了，隊長是外國人嘛。這個黑色史萊姆——泥之王，是被封印在葛瑞斯王國地底下的巨大魔獸。因此這個國家才長年受水源不足所苦。」

……奇怪？

「喂，對這個國家的居民來說，這算是常識嗎？」

「要說是常識也行，但我們不會把這件事告訴一般老百姓。對生活平凡的居民來說，就算知道自己腳下封印了這種存在，心情也不會好到哪裡去吧？」

不對啊，既然有這種東西存在，那雪諾為什麼……？

況且那傢伙似乎也不知道這個黑色史萊姆到底是什麼東西……

「除了口風不緊、腦袋不靈光、會為了錢販賣情報的人之外，替國家服務的職員們基本上都知道這件事。隊長也銘記在心吧。」

「原來如此，我終於明白了。」

換句話說，腦袋不靈光、收受賄賂後就會隨便脫口而出的人，就無法得知這項情報了。

……就在此時。

「戰鬥員六號，這種時候我們就該挺身而出。我已經申請了速乾水泥，把這個麻煩的史萊姆重新封回地底下吧。之後再來抓闖出這種禍端的犯人！」

「了解，莉莉絲大人。這次恐怕是魔王軍幹部海涅幹的好事。那傢伙在不死怪物祭典時，也曾穿著布偶裝入侵這座城鎮。」

「原來如此。雖然我對她一無所知，但既然你這麼說，犯人肯定就是她沒錯。可惡的魔王軍，我絕不輕饒……！」

我們對卑劣魔王軍燃起熊熊的正義之炎。格琳則百般不解地歪頭看著我們。

《惡行點數增加》

——一小時後。

「這顆行星是怎樣啊！之前只聽說這裡文化水平不高，又沒現代武器，現在有種被詐騙的感覺……！我好歹也是幹部，居然會像色情遊戲一樣，被這種黏體生物般的東西玩弄！」

莉莉絲這麼說。她像是要湮滅證據般，用速乾水泥連同挖掘機一併將水井埋起來。

或許是自豪的金屬觸手很難對付液體史萊姆，莉莉絲被史萊姆弄得渾身骯髒，最後一臉疲憊地垂下頭。

「報告書上的內容都是真的。除了偶爾會出現比較棘手的敵人，基本上都是些雜兵而已。絕大部分的魔獸憑我們這些戰鬥員就能壓制了。」

莉莉絲渾身沾滿黑色黏液。被格琳勤快地擦拭臉部的同時，她不服地開始賭氣。

「總覺得我老是被迫遇上那些棘手的傢伙。盤踞在森林裡的大蜥蜴、空之王，最後還來個泥之王。我真心認為，是不是我前來支援之後，你們逮住這個大好機會，故意把強敵都推給我處理。」

不愧是自稱頭腦派的天才，腦子並不笨。

「母親大人，您消消氣吧。拜您所賜，真的幫了我不少忙呢。」

「妳又叫我母親大人！這次我可是聽得一清二楚！妳從剛剛開始到底是怎樣？我是六號的上司，不是他的老媽！根本沒理由被妳問候！」

這位年紀比我還小的母親大人滔滔不絕地埋怨。

「可是，母親大人！」

「不准叫我母親大人！」

配上那副小不隆咚的長相，被格琳用毛巾擦臉的莉莉絲怎麼看都比較像女兒。

「你在這個國家收的部下到底是怎麼了？本來以為合成獸是女孩子，結果卻是男的。原以為那個女騎士是寧死不屈的人，結果居然下流到連我都倒退三尺的地步。最後還來個明明行動自如，卻坐在輪椅上的無恥偷腥貓。如月本來就有一堆奇葩了，沒想到這些人居然毫不遜色，有夠可怕……」

那位合成獸男孩不是我的部下啦。

「請等一下，上司大人，我坐輪椅是有原因的！當時我與畢生勁敵決一死戰，遭到詛咒反噬才會如此……！」

聽到格琳說出「詛咒」這個關鍵字，莉莉絲有了反應。

「詛咒啊……雖然報告書上也有提及，但是就如愛麗絲所說，只是一種惡質的催眠術罷了。」

「那個不肯認清現實的小不點說的話，請您千萬別當一回事。前陣子我正在跟認識的幽靈閒聊時，他差點被愛麗絲帶來的奇怪機器吸進去呢。」

奇怪機器是指吸塵器嗎？

這麼說來，前陣子愛麗絲似乎受到一部老電影的影響，氣沖沖地揹著吸塵器，打算驅退那些造假的幽靈。

……這時，或許是意識到莉莉絲那股打量可疑人士的眼神，格琳連忙解釋：

「等等，我看過這種眼神！就是跟那個小不點一樣的懷疑眼神！……很好。既然你們成功抵禦魔王軍解放泥之王的恐怖攻擊……我就讓隊長和上司大人看看，平常我到底都在做些什麼！」

格琳對我們這麼說，並勾起一抹自信的笑容——

3

當天晚上。

我和莉莉絲在打頭陣的格琳帶領之下，走在郊外的某個巷弄中。

「吶，格琳。這附近是怪怪大叔跟色色小姐住的地方吧。我大概猜到妳平常都在做什麼了。」

「隊長，你在說什麼啊，才不是那種可疑的勾當。真要說的話，這一帶算是貧民窟。我們的目的地是貴族街，但走這裡比較快。」

每當我經過時，站在路邊、身穿薄紗的大姊姊就會對我頻送秋波。但格琳抓著我的手不放，不讓我靠近她們。

「……這裡林立著許多便宜的酒吧，聚集了販賣一夜春宵的女人們。離家的人們也會在此互相挨著身子睡覺，可說是這個國家的黑暗面……」

格琳的表情隱含一抹莫名的陰鬱，並悄悄把一枚金幣放在睡在這一帶的流浪漢枕邊。

大叔察覺到有人靠近，睜開眼睛後，格琳就對他柔柔一笑。

大叔拿取放在枕邊的金幣後，來回看了看我和格琳……

「又見面了，小哥。怎麼，要給我零用錢啊？」

「嗨，大叔，又見面了。這傢伙是我的部下啦。不知為何，她好像想給陌生大叔零用錢。你別客氣，收下吧。」

看到我和大叔交情甚篤的模樣，格琳和莉莉絲都啞然無語。

「掰啦，大叔。別因為最近晚上也很暖和就感冒嘍。要睡覺的話，還是回家睡比較好。」

「我把老婆的私房錢花光光了，想回也回不去啊。對了小哥，你不也睡在公園裡嗎？別感冒嘍！」

大叔笑容滿面地說完，就緊緊握著格琳給的零用錢，興高采烈地離開現場。

格琳無語地目送大叔離去的背影，接著問：

「……吶，隊長。你認識那個流浪漢嗎？」

「我對那個大叔的來歷不太清楚，但偶爾會在這附近一起喝酒。他嗜賭成性，經常輸到口袋見底，被老婆痛罵一頓。」

我話還沒說完，格琳就推著輪椅加速往前衝。

「那個男人給我站住！既然你有家有老婆，就把我的錢還來！不要睡在這種會讓人誤會的地方！」

發現格琳追上來後，大叔身手矯健地翻過牆，沒一會兒就消失無蹤了。我目送大叔離去時，莉莉絲開口：

「吶，六號。雖然我說過好幾次了，奉勸你還是慎選部下跟朋友比較好。」

邪惡組織的最高幹部跟我說這些有什麼用啊？

——看著大叔離開後，我們又走了一會兒。最後格琳帶我和莉莉絲來到的那個地方則是……

「這是貴族的宅邸嗎？上面寫著『待售中』耶……」

通過貧民窟後，矗立於整潔地域的這棟建築物看起來確實很像一座宅邸。

莉莉絲雖然試著讀出看板上的文字，但我根本看不懂上面寫了什麼。

愛麗絲的翻譯僅限口譯。

她也曾經要我努力學習這個國家的文字。

我連英文讀寫都快不行了，學習異世界語言簡直難如登天。

這種動腦的工作交給聰明伶俐的夥伴就行了。

「這裡原先是本國擔任參謀的男人居住的宅邸。以前魔王軍不是曾大軍來襲嗎？當時擔任參謀的男人忽然某天遞出辭呈，就此斷了音訊。攀上如此高位的男人居然要辭職，一定是發生了什麼事。在那之後，就流傳出這種售出的宅邸中有陰魂作祟的恐怖謠言……」

聽完格琳的說明，莉莉絲饒富興味地點頭。

「原來如此。所以妳要來除靈是吧？我最喜歡看這種超自然現象節目了。把加工過的合成照片寄給節目組，看那群可疑的傢伙一臉嚴肅地進行解說，我就興奮難耐……！」

這個人一點也沒變，還是有如此優良的嗜好啊……

……正當我對莉莉絲這般小家子氣的惡行深感佩服時——

「——哦？這不是莉莉絲大人、六號跟格琳嗎？居然會在這種時間巧遇。你們在這裡做什麼？」

「愛麗絲？這是我的台詞吧！妳為什麼老是出現在我眼前啊！」

眼前正是對超常現象深惡痛絕的仿生機器人。

不曉得她三更半夜跑來這裡想幹什麼，只見她揹著一台業務用的大型吸塵器。

愛麗絲對從輪椅上走下來的格琳說：

「妳終於現身啦，詐欺師一號。」

「誰是詐欺師一號啊！我再問一次，愛麗絲為什麼會在這裡？又想來妨礙我工作嗎！」

這傢伙剛剛用了又這個字，可見愛麗絲經常如此。

「我才想抱怨妳妨礙我工作。這棟宅邸的前置作業好不容易才告一段落，房價也開始跌了。除靈這件事我來就好，妳可以回去了。」

被狠狠排除在外的格琳氣得臉部抽搐時，愛麗絲將背上的吸塵器放在地上。

雖然我完全搞不清楚狀況，但搭檔似乎每天都過得很充實。這樣就好。

「在我不知道的這段期間，妳玩得挺樂的嘛。」

「哦，六號。這個詐欺師一號一直在妨礙我的炒地皮副業。參謀名下這間宅邸的謠言也傳得繪聲繪影，是時候該買下來了。所以最近這一帶赫赫有名的『弒魂者』愛麗絲小姐才像這樣前來出差。」

雖然不知道參謀是誰，但這傢伙居然不知不覺間有了這個外號。

「喂，愛麗絲。我也想要一個比『拉鍊俠』更正常的外號。」

「那你要不要一起來擊退幽靈？現在可以加入我的陣營喔。」

「等、等一下！妳剛剛說什麼？我聽到妳說『謠言也傳得繪聲繪影』……」

……啊啊，原來如此。

我明白愛麗絲最近為什麼會發糖果給附近的小孩了。

「不愧是長年任職於如月的員工，連六號也馬上就懂了。」

「等等，怎麼回事？也跟我解釋一下啊！」

莉莉絲代替愛麗絲，對不明所以、驚慌不已的格琳說：

「也就是說，她和那些被收買的孩子們一起在被拋售的物件前大聲叫囂，說在宅邸中看到詭異的人影，或是有個滿臉鮮血的大叔站在裡面等謠言。之後等負評廣為流傳，房價下跌時……」

如果只有一個孩子說看到幽靈，恐怕誰也不會相信。

但如果是很多孩子都看到了，那就不是小孩的惡作劇，而是會變成謠言……

……聽到這裡的格琳放聲大喊道：

「根本就是自導自演嘛──！」

沒錯，再來就是如月最擅長的慣用手法了。

「等等，愛麗絲。妳居然逼小孩子說謊，妳的良心不會痛嗎？而且這樣對被迫賤價出售的賣家太過分了吧！」

聽到格琳激動地破口大罵，愛麗絲搖搖手指，咂了咂舌。

「我只會對品行有瑕疵的賣家殺價。絕大多數的賣家都像那個參謀一樣黑心無良。況且我並沒有逼孩子說謊。如妳所見，我也是個可愛的小孩子呢。」

「最好是有這麼壞心的小孩啦！」

這時，我又注意到一件事。

「啊啊，原來如此。如果妳自己就是散播謠言的罪魁禍首，那妳打從一開始就知道這裡沒有鬧鬼，也就變成能完美驅魔的除靈師了。最近這一帶赫赫有名的『弒魂者』，就是這樣來的。」

「正是如此。順帶一提，我可沒說那些孩子在撒謊喔。反正逼他們說謊，也會馬上露出馬腳。所以我才用事先準備好的投影裝置，讓因為糖果群聚而來的孩子觀看3D投影，藉此威脅他們。」

「等到謠言四起，妳再若無其事地問『需要為各位除靈嗎？』。這樣既能收取除靈費用，名聲也會跟著水漲船高！」

我和莉莉絲圍在愛麗絲身邊，興沖沖地大讚特讚。

「聰明，不愧是我的搭檔，太有智慧了！」

「愛麗絲真棒，不愧是我的傑作！」

「「不愧是愛麗絲！愛麗好棒棒！愛麗好棒棒！」」

「喂，『愛麗好棒棒』這句話感覺不像是稱讚耶。」

我和莉莉絲摸摸愛麗絲的頭。

「什麼愛麗好棒棒啊，吵死人了！啊啊，看來是真的……這棟宅邸根本沒有不死怪物的氣息嘛！我到底為什麼要來這裡……！」

仰頭看向宅邸的格琳頓時跌坐在地。見狀，或許是心生愧疚吧，莉莉絲開口說：

「愛麗絲，雖然我也是科學至上主義者，但出手可以不用這麼狠吧。她也是如月的部下吧。」

「莉莉絲大人，恕我直言，這是我的自我認同感使然。舉凡神、惡魔或精靈等奇幻因素，我都會一併殲滅。」

她是集現代技術精髓而成的天才，應該無法容忍超自然現象的存在。

……很好。

「莉莉絲大人，我沒辦法動用惡行點數，請給我跟愛麗絲一樣的吸塵器。」

「咦……你該不會也想跟著做蠢事吧？……好吧，那我也以上司的身分奉陪！連同我和六號的份，請本部送兩台吸塵器過來！」

「不愧是莉莉絲大人。這種容易跟著起鬨的個性，我不討厭喔。」

……當我立刻揹起本部送來的吸塵器時，格琳哭哭啼啼地摟著我的腰。

「隊長，你不是我的夥伴嗎！快住手！都已經老大不小了，別玩這種愚蠢的遊戲！」

什麼愚蠢的遊戲，太失禮了吧。我跟莉莉絲都超愛這一味，興奮得不得了呢。

這時，格琳似乎發現我跟莉莉絲都露出滿意的神情。

「……這樣啊。很好，既然如此，我也有我的考量……」

格琳打著赤腳走下地面，徐徐地仰頭望天——

「今晚正好是久違的滿月呢。和我過去召喚出惡魔的時候一樣，月亮來到了最棒的位置……」

格琳仰望天際，宛如勝券在握般笑起來。

「對非人者而言，滿月之夜可說是意義非凡。聽到別人叫我詐欺師，我也覺得刺耳！今天我就要讓那個小不點瞧瞧我的真本事！我會動念召喚出終極大惡魔，讓她嚇到尿出來！」

一口氣說完這句話後，格琳從懷中拿出一張畫著魔法陣的紙，在我們面前展開。

「喂，格琳，不要衝動！只要妳撂下這種開場白，每一次都會搞砸啊！」

「雖然跟她相處的時間不長，但我也知道，絕對不能埋下這種伏筆啊！」

聽到我和莉莉絲拋出憂心之言，格琳氣得齜牙咧嘴。

「閉嘴！既然那個小不點的自我認同感是不承認神祕的事物，那我的自我認同感，就是專注地向神靈祈願！」

格琳仰望高懸於天的月，宛如要泣訴般將雙手交握。

「沒錯，我只剩下這一途！這是我的唯一執念！其他殘存在我身上的……就是超越平均值的美貌，以及穿衣意外顯瘦的這副身軀！還有努力積纂的結婚資金、家事萬能的手藝，以及只對一人痴心思慕的深切愛情！」

除了向神祈禱一途，似乎還擁有許多事物的格琳，仰望著閃耀金煌光芒的月，悲痛地大喊道。

與她方才說出的那番話恰恰相反，那雙眼眸就像純真的孩童般，直盯著天空——

「吾名格琳．格里莫瓦！既然已經被逼到這般絕境，我已經不奢求帥哥和富豪了。只要能全心全意愛我一人，那就夠了！我想結婚！如果能實現我的願望，無論是邪神或惡魔都無所謂！請回應我純粹的想望，求求您降臨於世吧！」

與先前不同的是，就算這次沒有供品等物，描繪在紙上的魔法陣也散發出雪白的光芒。

那道光芒變得比召喚惡魔時更刺眼，彷彿有人對這名毫無退路的單身女子感到憐憫，回應了她的心願似的。

「六、六號！愛麗絲！這是怎麼回事？雖然報告書上說這是詐騙手法，但在我看來，卻不像廉價的ＣＧ或３Ｄ投影啊……！」

莉莉絲焦急地驚叫起來，同時從白袍底下伸出觸手，進入警戒狀態。那道光芒實在太過耀眼，連附近的住家都騷動起來。

不久後，當光芒逐漸消散，回應這名可悲剩女的執念而現身的是——

4

「吶，隊長，怎麼辦……我的心願太過純粹無瑕，居然召來了天使……」

親口說出純粹和無瑕兩個詞時，她竟然毫無反省之意。

「呃，既然要讓愛麗絲和莉莉絲大人見識妳的力量，召喚天使總比惡魔或幽靈好多了吧？而且外表還是個漂亮大姊姊，到底哪裡不好？」

回應格琳心願的是擁有純白髮絲和羽翼的天使。

正如「莊嚴」一詞所示，這位天使的神聖氣息讓人光看就想向她懺悔過去的惡行惡狀。

一襲純白衣裳的天使，頭上還飄著一輪閃亮的光環。每當背上的羽翼展翅時，四周就瀰漫起光之粒子。

被格琳召喚而來的這位天使似乎仍摸不清狀況為何，只見她緩緩地四處張望。

就連我身旁的莉莉絲都因為難以接受這出乎意料的進展，目瞪口呆地僵在原地。

「我也不知道到底好不好。可是你看，我不是澤納利斯教徒嗎？而且我們還被其他人視為邪神。我個人也不認為召來天使會比較好……」

「怎麼想都不行吧。妳不是掌管不死與災厄嗎？應該召喚幽靈或惡魔，跟天使誓不兩立吧？而且妳還是夜行性，完全就是黑暗勢力啊。」

聞言，格琳瑟瑟發抖地躲在我身後。

然而令人意外的是，碰上這種超自然現象總要挑起戰火的莉莉絲居然也難得表現出膽怯的模樣。

「怎麼，莉莉絲大人？就算神靈在妳眼前降世勸諭，妳也會挖著鼻孔不當一回事吧？」

「你在說什麼，我才不會挖鼻孔。靠本能就能察覺了吧，這不是人類足以抗衡的存在……」

從外表來看，這位自帶羽翼的大姊姊，臉蛋美麗到令人心底發寒。

雖然這位天使像個沉默又面無表情的冰山美人，但她沒有特別做什麼，就只是站在原地而已。

「……是說，你從剛剛開始也抖個不停啊。」

聽到面色膽怯的莉莉絲這麼說，事到如今，我才發現自己也渾身發顫。

啊啊，原來如此，這就是畏懼的感覺吧。

恐怕世上所有生物都不得不臣服在眼前這位天使腳下吧。

證據就是，格琳那張原本就慘白的臉如今已經超越蒼白，變成印堂發黑的將死神情，全身止不住震顫。

該如何是好？乾脆對她虔誠膜拜一番，說不定還能獲得庇佑。

「妳怎麼偏偏召來了這種東西啊？」

「我有什麼辦法。我也沒想到會叫出這種東西啊！都是我的心願太過純粹了！」

以宗派立場考量，她應該是我們之中最有生命危險的人，沒想到這傢伙還挺悠哉的。

「總之，六號。雖然不知道對方會不會說話，但我們不要過度刺激，靜靜地送她離開吧。」

我和格琳都點點頭，同意莉莉絲說的話——

但我們完全忘記現場還有一個人，對這般異常存在毫不畏懼。

「喂，妳幹嘛在頭上頂個螢光燈啊？」

拜託妳手下留情吧，愛麗絲小姐！

「……Ω？ee、aa…………咦？啊……嗯，這顆行星的語言是這一種吧。」

「說、說話了……！」

看到天使忽然說出一口流利的話語，莉莉絲驚聲尖叫。

「莉莉絲大人，她頂著一個人類的頭，當然會講話啊。」

「欸，愛麗絲，說話客氣點！妳知道對方是什麼來歷嗎！」

面對這位動作時就會散發出耀眼光芒粒子的天使，愛麗絲無動於衷地說：

「就是俗稱COSER的生物吧？每到中元節或年末，就會在同人展大量出沒的那種人。」

「別把COSER說成雨後春筍那樣！對、對了，愛麗絲，別對這位做出失禮的舉動。妳好乖，快過來這裡！」

莉莉絲躲在我身後，拚命地對愛麗絲這麼說。

「妳從剛剛開始就在怕什麼啊？莉莉絲大人也會做戰鬥服和幹部服，跟這種人很像啊。」

「聽話！愛麗絲，聽話，快點過來！算我求妳了！」

拚命訴說的莉莉絲從白袍底下伸出了金屬製的觸手。

……但愛麗絲躲開朝自己伸來的觸手後，深感好奇地走到天使身邊。

「……哦？好像跟這陣子格琳讓我看的3D投影不一樣呢。」

在這世上天不怕地不怕的搭檔猛地抓住天使的胸部。

雖然是為了確認天使有沒有實體，但是愛麗絲似乎對這股觸感很滿意，毫不客氣地揉個不停。

莉莉絲和格琳都一臉馬上要昏倒的表情，眼前繼續上演著金髮少女搓揉白髮天使胸部的詭異光景。

該怎麼說呢，雖然我也對雪諾做過類似的行為，但我的搭檔實在太猛了。

至於被抓揉胸部的那位天使，竟對愛麗絲這些行為無動於衷，態度悠然地開口道——

「…………人類女孩啊。」

「我不是人類女孩，是機械女孩。她開多少錢僱用妳？既然妳有這麼棒的外表和演技，跟我搭檔會比較賺喔。」

搭檔，就算天不怕地不怕也該有個限度吧。

（畢竟是莉莉絲大人做出的仿生機器人搞出這種事，要是她們大打出手，就麻煩妳善後了。）

（的確是我製造的沒錯，但她會變成這副德性應該歸咎於你。要是她們大打出手，我要腳底抹油先溜。）

當我們正在竊竊私語、互相推卸責任時，愛麗絲還在揉天使的胸部。

「人類女孩，妳似乎會錯意了。我是受到純淨無瑕的意念與心願牽引，才降世於這片終末之地……」

「就說我不是人類女孩了，妳這COSER女。別跟我說那些超級中二病的設定，快告訴我妳到底是打哪兒來的！」

怎麼辦，身為搭檔，我是不是應該阻止愛麗絲比較好？

……雖然天使的神情始終不變，但看到一直揉自己胸部的仿生機器人，她也不免流露出困惑。

「……人類女孩啊。臣服於我，傾耳傾聽我的話語……好、好痛……！妳也該放手了吧！」

「妳才煩人呢，就說我是機械女孩了。想被我扯掉胸部嗎，混帳東西。」

胸部被拉扯到極限後，高冷的天使忽然放聲大叫起來。

當天使從愛麗絲的魔爪中掙脫後，她整個人懸空而起。

「我是司掌慈愛與緣分的熾天使，埃爾……」

「為什麼妳頭上的螢光燈會浮起來啊？用了強效性的磁鐵嗎？還有從剛剛開始，妳振翅的時候就會飄出類似頭皮屑那種亮晶晶的東西。要記得清乾淨一點。」

愛麗絲小姐，妳是不是該閉嘴了？

……這位報上名號時被打斷的埃爾什麼小姐，雖然臉上毫無表情，但已經全身發抖了。

「我只是一時興起，才降世於這片終末之地……很好，我會讓妳切身體會，忤逆天庭御使是什麼滋味。萬物歸於原所……汝之魂魄將歸於神靈懷抱……住、住手！」

指著愛麗絲，正對著她說話的埃爾什麼小姐，其中一片翅膀被愛麗絲的業務用吸塵器前端吸住，讓她發出哀號。

「妳一直囉哩囉唆的很吵耶。妳跟格琳玩的那種中二病遊戲，我可不想奉陪到底，像白痴一樣。」

「不要……！快、快住手，真的求妳別吸我的翅膀！光是保養就要耗費五個小時耶！」

剛才的威嚴不知跑到哪裡去了，埃爾什麼小姐被愛麗絲的吸塵器這麼一吸，便淚眼汪汪地拚命抵抗。

「喂，格琳。那是妳召喚出來的天使吧？負起責任想想辦法啊。」

「才、才不要。你知道剛剛那位天使想對愛麗絲做什麼嗎？萬物歸於原所，汝之魂魄將歸於神靈懷抱……換句話說，那位天使發動了瞬殺攻擊啊！雖然不知道愛麗絲為什麼還能活蹦亂跳，但我絕對不要介入其中！」

瞬殺攻擊是什麼啊，超可怕的。

不過，我大概猜得到愛麗絲為何平安無事。

畢竟那傢伙是仿生機器人嘛。

「快住手！好好好，我要回去了！拜託妳別再吸我的翅膀了！」

「我在幫妳把滿是頭皮屑的翅膀清乾淨耶，妳應該跟我道謝吧。」

「那不是頭皮屑，只是我的神氣化為粒子外溢而出！這可是很珍貴的東西耶！」

被吸塵器到處吸過一遍後，翅膀變得蓬亂不堪的埃爾什麼小姐說：

「我是感受到專一不二的心意才來的，這到底是怎麼回事……！……把我召喚出來的那個女人呢！」

「噫！小、小的在！」

翅膀被折騰得凌亂不堪的埃爾什麼小姐依舊浮在空中指著格琳說：

「特地把我召喚出來，卻對司掌慈愛和緣分的我做出這種事，妳好大的膽子啊，邪神澤納利斯的使徒！既然妳這麼想單身，我就實現妳的願望！」

埃爾什麼小姐的雙眼綻放出奕奕神采，逐漸醞釀出威嚇感十足的神祕氣勢。

「咦？等、等一下！我才不想單身！我只是把妳召喚出來而已，又沒對妳做什麼事……！」

只見天使對拚命解釋的格琳說：

「邪神澤納利斯使徒，格琳．格里莫瓦。我要……詛咒妳未來只會遇上有問題的男人！」

「不要啊啊啊！」

聽到埃爾什麼小姐的詛咒，格琳發自靈魂深處的吶喊響徹四方——

5

「嗚、嗚呃……呃呃、呃咕……！」

埃爾什麼小姐對格琳降下詛咒後就回到天上去了。目送她離去後……

「別再哭了啦。妳想想，妳的體質本來就容易吸引怪男人。知道以後只會有怪男人找上門的話，不是很方便嗎？」

我們陪在輪椅上鬧脾氣的格琳一起走回基地。

「哪裡方便啦！……是啊，我知道。我知道自己只會吸引有問題的男人上門！但讓我懷抱一絲期待不行嗎？說不定這個人非常完美，毫無怪異之處——不能讓我心懷這樣的美夢嗎！從今以後，我都不能對邂逅的男人懷抱任何期望了耶！」

對我抱怨這些有什麼用。

「反正之後遇到的每個人，都會有奇怪的性癖或超級雷人。雖然明白這一點……可是……居然連諸如此類的微小期待都不能擁有。就算遇到超級大帥哥，我也要懷疑他可能是女人要設局騙我。即使遇到超級暖男，也得質疑他是不是只覬覦我的財產……從今以後，我連這種成熟的愛情攻防都做不到了！」

這個剩女漸漸不想自己動手推輪椅前進，似乎開始自暴自棄了。

我幫這個麻煩的部下推起輪椅並說道：

「說穿了，誰教妳每次跟愛麗絲對抗的時候，都要召喚奇怪的傢伙出來。上次是惡魔，這次居然是天使。妳不是掌管不死怪物的邪神司教嗎？」

「不准說澤納利斯大人是邪神！」

坐在輪椅上放聲大吼的格琳忽然驚覺到一件事。

「……對啊，我還有信仰一途可走！就是澤納利斯大人！沒錯，我所信奉的澤納利斯大人是個超級美男子。雖然我身受詛咒、泣不成聲，卻依然唱頌著咒詛之詞。然後澤納利斯大人看著於心不忍……」

「依我看，妳那位神明大人八成是個女神。」

「為什麼連最後的希望都要排除啊！什麼嘛，隊長，你就這麼見不慣我碰到好男人嗎？那隊長就把我帶回去啊！」

因為妳死掉的時候，好像被自稱澤納利斯的女人唸了一頓，叫妳不要因為愚蠢的死法殞命啊。

我繼續推著自暴自棄的格琳，莉莉絲則在我身後教訓愛麗絲。

「愛麗絲，妳給我聽好。妳是仿生機器人，可能無法理解，但人類心中有本能這種東西。那是人類絕對無法忤逆的存在。挺身面對強者的確很勇敢，但唯獨那個絕對不能招惹。」

「是啊，莉莉絲大人說得沒錯。那我可以先回去了嗎？我想研究一下從那個ＣＯＳＥＲ身上採集到的頭皮屑和羽毛。」

「當然不行！還有，別把那種物質說成頭皮屑！」

我的搭檔接二連三地收集了驚人的素材，真令人擔心。

不過在這個世界中，原來天使落下的羽毛是實質存在的物品啊……

「吶，隊長，你有在聽嗎？說穿了，你知道我為什麼要這樣唉聲嘆氣嗎？因為隊長完全沒有要送我項鍊的意思嘛……」

「不，我真的有準備。可是在莉莉絲的作戰計畫中，被空之王搶走了。」

我不以為意地回答。聞言，原本在輪椅上生無可戀的格琳停下了動作。

「……真的嗎？隊長說這種話只是在激發我的期望，再任憑我兀自空想，最後大失所望對吧？我也是會記取教訓的。你想說些好聽話，把責任推到空之王身上吧？我早就猜到了，才不會這麼輕易被你矇騙過去。」

她嘴上這麼說，卻在輪椅上抱膝而坐，還不時往我這裡偷瞄。真是有夠煩人。

……怪了？

話說回來……

「吶，愛麗絲。從天使身上採集到的素材，可以分一點給我嗎？」

「妳在說什麼啊，莉莉絲大人。剛才在那個女ＣＯＳＥＲ面前，妳不是怕得要死嗎？想要的話，就對我使用敬語。」

「雖然我已經說過很多次了，但我算是妳的媽媽耶！」

跟空之王交手過後，我好像忘了某個人的存在……

「吶，隊長？往後我再也無法擁有美好的邂逅，難道你樂見其成嗎？你稍微安心了嗎？

從今以後就不會再有臭蟲來黏著我了……老實說，隊長這份心意讓我有點開心。但我們只是彼此暫時的婚約對象，管得太緊也有點……」

我們正在返回基地的路上。

時間已經不早了，這三個人也不管會不會吵到別人，依舊吵得沒完。

「是說，妳這傢伙怎麼連ＣＯＳＥＲ都怕啊，好意思說自己是幹部嗎？」

「等一下，妳剛剛居然對媽媽說了『這傢伙』！愛麗絲，回去之後我要對妳進行精密檢查！」

我聽著她們的談話聲，並沉浸在當上戰鬥員之後，久違的平穩安詳生活之中。

第四章

VS……

1

被愛麗絲調侃「連COSER都怕成這樣」之後，莉莉絲又窩回帳篷裡了。

我沒理會這個麻煩透頂的上司，就這麼過了三天。

時間來到今天傍晚過後的時分。

在弒魂者的指揮下，祕密基地漸趨完成。

要塞蓋在離大森林很近的地方，外牆還漆上了足以對抗光束砲的塗裝。就算蠻族使出神祕攻擊，應該也能屹立不搖。

如果有大群魔獸來犯，彷彿要包圍四周般張設於外的有刺鐵線能防止牠們進攻。期間再以裝設於要塞內的多架重機槍將敵人掃成蜂窩。

「愛麗絲，妳看，這就是我們的城池。戰鬥員六號和他的廢物部下們即將在此踏上成名之路。」

「別把我算進廢物部下這個詞裡面。我才不是你的部下，而是搭檔。改成六號、愛麗絲與其他人的磅礴成名大作吧。」

我和愛麗絲在建於荒野中的巨大基地屋頂上，低頭看著眼前這片廣闊的森林與荒野。這時，後方傳來了人聲。

「……我說你們啊，這樣都沒有我的戲分耶……」

因為要搬遷至新基地，最近老是鬧脾氣，窩在帳篷裡跟橘色螯蝦講話的莉莉絲終於走出來了。

「基地已經蓋好了。莉莉絲大人再待一個月就要回去了不是嗎？」

聽到我這番合理的發言，莉莉絲稍稍嘟起了嘴。

「什麼嘛，六號，你很冷淡耶。都特地從幹部中指名我過來了，你應該表現得更熱情一點吧。像是『妳離開之後我會很寂寞』，或是問我『要不要再多留一陣子』之類的。」

我讓難搞上司的難搞挖苦左耳進右耳出。這時愛麗絲輕扯她的白袍說：

「關於這件事，莉莉絲大人應該不用耗上一個月就能回去了。畢竟這是第二次進行拓撲空間的安定化程序，優異如我成功縮短了穩定的時間。妳可以稱讚我喔。」

看著輕扯自己白袍的愛麗絲，莉莉絲露出五味雜陳的表情。

「這、這樣啊。愛麗絲，妳做得很好。但妳挑這個時間點說，讓我感到些許惡意……」

可能來到這顆行星之後都沒碰上什麼好事，莉莉絲似乎有點沒自信。

「並不是因為妳沒啥小路用，想趕快把吃閒飯的傢伙送回去。也不是因為妳每天都對晚餐菜單有意見，希望妳趕快回去。」

「吶，愛麗絲，妳果然進入叛逆期了吧！我可不記得妳具備了會對創造主沒大沒小的機能！我是妳的製造者，是神，也算是妳媽媽耶？妳是不是應該對我好一點啊！」

被自己的作品如此無禮對待，莉莉絲泫然欲泣地說道。

「莉莉絲大人，別管這些了。殲滅同業競爭者這件事要怎麼辦？這反而才是我最希望妳幫忙的事情。」

沒錯，我之所以會把莉莉絲叫過來，原本是希望戰力相當於整個小隊的最高幹部幫忙收拾同業競爭者。

如今基地已經完工，得到了真正的侵略據點。再來只要將首當其衝的同行威脅——魔王軍一舉殲滅就行。

但聽到這句話之後，莉莉絲卻尷尬地別開視線。

「……魔王軍、魔王軍啊……如果只看報告書上的內容，應該能輕鬆取勝……但事實又是如何？畢竟我從來沒聽你報告過那些巨大蜥蜴、巨大麻雀跟巨大史萊姆耶。」

對上那些超乎想像的強敵後，似乎讓她充滿戒心。

「雖然稍微強了一點，但莉莉絲大人一定能輕鬆打敗他們。」

「就是說啊。雖然對方擁有連毀滅者都會負傷慘敗的巨大機器人，還有怪人級的幹部，但對莉莉絲大人來說只是小菜一碟。」

見我和愛麗絲一派輕鬆的模樣，莉莉絲的眼神頓時游移起來。

「……我本來就是動腦派。說不定事有萬一，要不要先回地球一趟，派彼列過來呢……你想想，靠我的戰鬥方式，要在這顆行星火力全開進攻的話，就需要大量惡行點數。如果我把點數耗盡，變得不堪一擊，也會對如月造成損失。」

我們的說服之詞完全沒用，這個廢物上司馬上就退縮了。

看來前幾天碰上超凡出世的天使，對這位膽子極小的科學家來說太刺激了。

「怎麼，妳就這麼害怕上次那位天使啊？」

「這、這也不能怪我吧，畢竟本能告訴我『絕對不能跟她正面對決』啊！越壞的人反而更畏懼神靈。我到目前為止犯下的惡行已經壞到累積善行也無可彌補的程度了。」

……聽她這麼說，我也無可反駁。

看到我因為莉莉絲這番話陷入沉默，對這世上所有超常現象充滿敵意的搭檔忽然開口：

「怎麼每個人都這麼沒用啊。既然背負邪惡的招牌，你們反而該對神明比中指吧。莉莉絲大人，妳這樣也好意思說是我的製造者嗎？啊？」

「妳才奇怪吧，明明是我的作品，怎麼會對神明這麼充滿敵意呢？這孩子真的沒問題嗎……我很害怕只要稍不注意，她就會趁機闖下大禍……」

雖然愛麗絲氣得半死，但老實說，我也很怕幽靈或天使。

我們這些壞蛋之所以能毫無顧慮地做壞事，就是堅信死後的世界並不存在。

雖然罪惡程度不比莉莉絲，但我也常做偷香油錢、在神社的鳥居小便這種會遭天譴的壞事，死後絕對會下地獄。

「……真受不了這個沒用的老媽。喂，六號，跟魔王有關的工作就靠我們自行處理吧。反正現在基地也蓋好了，只要耐心費時，總會有辦法解決。」

「咦？」

我原本期待可以靠最高幹部殲滅敵人，如今計畫報銷，我忍不住驚呼一聲。

聞言，莉莉絲如釋重負地嘆了口氣。

「……至於不知道來這裡幹嘛的莉莉絲大人，至少幫忙調查一下基地旁邊的神祕遺跡吧。」

「咦？」

她原本應該放心了吧。

聽到愛麗絲前所未有的辛辣語氣，莉莉絲一臉驚訝地僵在原地。

我同情地看著無法動彈的莉莉絲。愛麗絲則對我說道：

「雖然你一副事不關己的樣子，但六號你也要去調查遺跡喔。」

「咦？」

2

這裡雖為外星球，但太陽也會下山。

莉莉絲將手搭在基地屋頂的欄杆上，眺望夕陽逐漸沉入荒野盡頭延伸而出的地平線，心緒沉穩地說：

「愛麗絲，幫我泡杯咖啡過來。我要熱的無糖黑咖啡。」

「那種東西妳自己去泡啦，渾蛋。說什麼蠢話。」

……

「等等，愛麗絲！妳的嘴巴真的越來越壞了！」

「因為跟製造我的媽媽很像啊。」

「怎麼可能！雖然我說話酸溜溜的，但我不會像妳那樣砲火連連地直接痛罵！別再廢話了，快去泡咖啡！偶爾也該乖乖聽媽媽的話！」

聽到莉莉絲充滿悲痛的吶喊，愛麗絲就離開現場去泡咖啡了。明明是仿生機器人，剛剛她居然還露出了不耐煩的表情。

莉莉絲氣喘吁吁了一會兒，接著彷彿情緒漸緩般看向前方。

「……不好意思，六號，讓你見笑了。」

「這不是常有的事嗎？」

她可能想搬演一齣認真嚴肅的戲碼，但這個上司實在毫無莊重可言。我識相地沒有繼續吐槽，並仿效莉莉絲，在她身邊一同眺望夕陽。

「……來到這顆行星之後，根本沒一件事順心如意。」

莉莉絲對身旁的我瞧也不瞧一眼，莫名地如此低語。

她平常雖然自稱天才科學家，渾身上下洋溢著滿滿的自尊心，如今卻低頭看著眼前那片廣闊的森林與荒野，難得吐出示弱的話語。

「怎麼了，莉莉絲大人？平常不管別人怎麼說，妳都會挖挖鼻孔根本聽不進去，表現出旁若無人的傲氣。這樣不像妳喔。」

「我從以前就一直很納悶，實在很想問問你們這些戰鬥員對我的評價如何……不，還是算了吧。鑒於我平日的所作所為，還是不問為妙。畢竟我也是會受傷的。」

她好歹有自知之明，知道我說的話會傷害到她啊。

「為了一舉解決這顆行星的難題，我應該要大張旗鼓地前來才對……但在這裡發生的每件事都事與願違。我原本預計要放火燒了同業競爭者的城池，再把六號帶回去的說……」

「呃，我一時半刻也回不去啊。畢竟我的惡行點數還是負值。要是就這麼回去，我會被制裁部隊整得很慘耶。」

……聽我這麼說，莉莉絲露出得意洋洋的表情。

「……怎麼，愛麗絲還沒告訴你啊？你的惡行點數，我會想辦法處理。」

……

「咦？真的嗎，莉莉絲大人？也就是說，我可以跟妳借惡行點數來用嗎？」

我忍不住探出身子。莉莉絲哼的一聲，臉上浮現一抹邪惡的壞笑。

「你在說什麼，這怎麼可能啊？我說的處理，是幫你做些罪大惡極的壞事，讓你有辦法回去地球。」

……這傢伙又語出驚人了。

我被莉莉絲這番話驚呆了以後，這個愚蠢的上司苦笑著聳肩。

「我能猜到你在想什麼。你大概在想我怎麼可能做出那種大壞事對吧？可是啊，六號，當你在這裡逍遙自在的時候，地球上的夥伴們也在等著你回去……沒錯。比起女裝合成獸、貪婪的騎士及身陷可疑宗教的地雷女，總是為你擔心受怕，期望你提供協助的夥伴。」

莉莉絲說的應該是那兩位上司吧。

我的實力不算強，但是打從如月建立之初，這兩位重要的上司就沒有拋下我，一路提拔至今。

而且說實話，我一直很想回地球。

雖說基地終於建造完畢，但這裡實在不算是個舒適的生活空間。

只要我待在這顆行星，就算買一本A書也必須動用惡行點數。而且這裡沒有電視，也沒漫畫。

但只要回到地球，就沒有在我眼前狂吃半獸人肉的女孩子。在路邊攤買串燒時，也不必每次都小心翼翼的。

可是……

「雖然很感謝妳這份心意，但誰要接替我的位置？虎男先生喜歡在前線廝殺，其他戰鬥員又那麼蠢。」

「你算是戰鬥員裡面最蠢的那一個。既然連你都能勝任，這件事總有辦法解決。再說，愛麗絲還會繼續留在這顆行星。只要有那孩子在，誰來接任都一樣。」

……啥？

「真的假的？愛麗絲不在，我會很頭痛耶。以後誰來管我的零用錢啊？」

「呃，不，請你自己管理好嗎？你也老大不小了吧……不過，當初把你們倆送出去時，明明還看對方不順眼，現在感情卻變得這麼好。」

說完，莉莉絲勾起一抹調侃的笑。

「是啊……對了，愛麗絲知道這件事嗎？」

「知道啊。跟她說要把你帶走後，還被她強烈反對呢。她現在似乎還沒辦法接受。」

聞言，我才知道愛麗絲沒把我當成沒用的人，想把我送回地球。這讓我鬆了一口氣。

——不過，既然如此……

「對不起。雖然很感謝妳的心意，但這樣一來，我也想在這顆行星多待一會兒了。」

「不行。」

…………

「地球是被英雄逼到絕境了嗎？已經慘到我這個如月的最後王牌非得回去不可？」

「你的腦袋到底怎麼回事啊？呃，不是，戰鬥員的確是越多越好，但之所以讓你回地球，是出於其他原因。」

莉莉絲轉頭看向我，直盯著我的雙眸。

「……戰鬥員六號。你來這裡之後，實力就變弱了吧？是不是日子過得太安逸，讓你忘了自己是邪惡組織的一員？」

莉莉絲這麼說時，完全沒有移開視線，彷彿早已看透了我的心思。

這時，我忽然想起過去愛麗絲說過的話。

『那些幹部沒給你慷慨奧援，應該是想藉此讓你累積惡行吧。希望你能從小惡為之，之後再犯下罪不容誅的壞事，最終成為優秀的幹部候補。』……我記得她是這麼說的。

……真是敗給她們了。

「……幹嘛啦，莉莉絲大人，妳靠太近了。就這麼想被我親親嗎？」

「……呵呵，口氣真不小。你明明沒這個膽子……呃，抱歉，開玩笑，我剛剛是在開玩笑。你的眼神好像真的要親我一樣！對了，碰上這種事你才會說到做到。對不起，請你原諒我！」

看我露出真摯的表情，莉莉絲死命道歉。

「……不過啊，六號。來到這顆行星之後，你真的變弱了……嗯，也不太對。該說是溫和還是散漫……」

……

「為什麼要對我說這些話？莉莉絲大人，妳也知道這顆行星的環境有多刻苦吧。再說，妳不也被天使和魔王嚇得半死，一直想跑回去嗎！」

「少、少囉嗦。我本來就是智庫，有什麼關係！但你是戰鬥員，要戰鬥才能突顯出價值啊。」

莉莉絲焦躁地用手指敲打欄杆，並伸手摸我的頭。

「麻煩死了，我還是直說吧。地球上的夥伴都在等你回去，希望你能在這顆險峻的行星變得更強。但最近的報告書到底是怎麼回事！你這不爭氣又散漫的傢伙！」

可能是好一陣子沒看見我，累積了不少壓力，莉莉絲粗魯地揉著我的頭。

「你是不是想在這種化外之地建立後宮！怎麼會馬上就被鄉下來的女人豢養啊！我還以為你很認真打拚，沒想到過來一看，發現你會偷瞄女裝合成獸的內褲，跟奶子女一搭一唱，最後居然還有未婚妻！我們是叫你調查這顆行星並攻下來！哪有叫你去攻陷女人啊！」

「莉莉絲大人，妳懷疑我跟那個奶子女有一腿，唯獨這件事讓我不開心！」

我覺得必須糾正這一點才行，所以插嘴說了多餘的話，但莉莉絲依舊氣憤難消。

「少囉嗦，現在給我閉嘴！……我還期待把你丟到這種險峻的行星後，就算是骨子裡永遠那麼善良的你，也不得不變成可以獨當一面的反派……」

廢物上司一手抓著欄杆，努力踮起腳尖，用手猛壓我的頭。

「大家都在地球上戰鬥，你卻在跟不知名的女人打情罵俏！我們跟你相處的時間明明比她們還要久，你卻說出要在這顆行星永久居留這種蠢話！你是我們這邊的人耶！」

…………

真是的，這個麻煩又傲嬌的上司是怎樣啦。

明明親手把我送出去，我說想留下來，就叫我立刻回家。

話雖如此，就算我回去地球，她們也不可能善待我。

麻煩死了。

這些人真是麻煩透頂……

可是——

「抱歉，莉莉絲大人。被妳們送來這顆行星後，我每天確實都過得很快樂。但請容我說一句話就好。我……」

正當我準備對泫然欲泣的莉莉絲開口時——

「喂，發情的母狗上司。妳居然使喚我去做事，在這邊跟他打情罵俏啊。」

「「呃，妳誤會了！」」

我明明沒做什麼愧對良心的事，卻和莉莉絲異口同聲地這麼說。

3

莉莉絲逃回房間後，我和愛麗絲在基地屋頂上眺望滿天星斗。

確定最高幹部會過來的時候，我就知道總有一天得回去地球……

「似乎決定得很倉卒呢……」

「你怎麼一張苦瓜臉？有什麼煩惱嗎？」

對了，這傢伙會留下來啊。

我這個有良知的搭檔回去之後，這顆行星會變成什麼樣子？

「喂，愛麗絲。妳對我們在這顆行星被賦予的任務有什麼看法？她們真的想要征服世界嗎？」

「那當然。再說，我跟你被送到這顆行星的目的，就是為了延續地球人的命脈，確保有地方可供移居。如果任務失敗，人類就要走向滅亡了。」

……重新聽她這麼一說，我們確實是身負重任。

雖然我最近才發現這件事，但老實說，普羅大眾接收到的地球各項問題已經到達岌岌可危的地步了。

雖說石化燃料要到數百年後才會枯竭，但其實在接下來的十年內就會消耗殆盡。

若繼續忽視人口增加所引發的糧食問題，想必最後終須一戰。

環境汙染問題也越來越嚴重，或者該說為時已晚，只是世人尚未得知罷了。

據科學家莉莉絲說，只要人類仍未消亡，現階段就無計可施……

但是若將這件事公諸於世，世局肯定會陷入混亂，也能想見對未來陷入絕望的人們逐漸失控。

這或許就像雪諾不知道泥之王沉眠於這個國家的地底一樣。

是說，我也真想當個一無所知的普通老百姓。

事到如今，雖然世界各國都在商談人類的未來，但在這個因為爭權奪利而僵持不下的世局之中，居然是我們這些可以濫用暴力的邪惡組織才有辦法處理這個最糟的局面，也真是夠諷刺了。

「……話雖如此，這顆行星的居民也不會比現在更慘了。經過我的調查，這裡的人類生存圈十分狹小。這顆行星的土地，只有百分之三有住人。再繼續放著不管的話，我看人類和魔族都會滅亡。」

我沉浸在感傷的氣氛之中，這個仿生機器人還對我說些毫無夢想和希望的事情。

「……啊——！怎麼每個行星都這麼水深火熱啊！好不容易找到一顆美麗的星球，結果到處都危機四伏。我什麼時候才能開始享受酒池肉林的生活啊？」

我躺在堅硬的水泥地上仰望天際，開始大發牢騷。

愛麗絲也躺在我身邊，跟我一起看著天空。

「畢竟這顆行星的各個小國好不容易才保住了人類可居的土地嘛。大家都在拚死抵抗魔獸和自然災害。跟魔王率領的魔族征戰，已經算是相對無害了。倒不如找個沒有危險生物的未開發星球還比較輕鬆……」

都已經來到外星球這種奇幻的世界了，她怎麼盡說些毫無夢想的話。

或許是沒有空氣汙染的問題影響，在屋頂上眺望的星空格外清朗澄澈。

事到如今，我看著充滿未知星座的夜空，才終於想起此處並非地球。

我的視線就這麼轉向躺在我身邊的愛麗絲。

「……喂，愛麗絲。妳聽莉莉絲大人說過了吧？調查遺跡的任務結束後，我就要跟她一起回去了。」

「是啊，早就聽說了。你離開以後，接下來就有得忙了。」

……哦？

「什麼嘛，愛麗絲。優秀的我離開之後，工作就忙不過來了是吧？今晚妳跟莉莉絲大人是怎麼回事，真是傲嬌。」

「不對。是因為麻煩的傢伙不在，能做的工作變多了。而且還要一口氣侵略這顆行星，根本沒辦法悠悠哉哉的。」

在遙遠的星球上仰望夜空——明明情調這麼棒，這個毒舌仿生機器人卻盡說些瞧不起人的話。

她終歸只是個仿生機器人。

似乎完全不懂搭檔離情依依的心情。

「喂，愛麗絲小姐，妳還真敢說啊。對了，第一次跟妳見面的時候，我記得妳還瞎說我很蠢還是什麼的。那又怎麼樣？地球那裡需要我，所以她們要帶我回去呢！」

聽到我誇耀勝利般的語調，愛麗絲也毫無不甘與惋惜之情。

「……喔喔，那太好了。是啊，你好優秀。回到地球後也能好好過日子……你聽好了。我猜你一回到地球，就會收到彼列大人的援軍請求。你就說在這顆行星吃了怪東西食物中毒，逃亡一段時間吧。」

……………………

「咦？等一下。我回地球之後會被派到哪裡去啊？彼列大人現在在哪裡征戰？我還是不想回去了。」

聽到愛麗絲駭人聽聞的發言，我立刻心生膽怯。

「……呃，如果我預測失準的話，你應該會被派到本部處理簡單的文書工作吧。」

我忍不住轉頭看向一旁，愛麗絲卻瞧也不瞧我一眼這麼說道。

「到目前為止，妳的預測從來沒有失準過啊！可惡，怎麼會這樣！這全都是莉莉絲大人的錯！那個廢物上司給我走著瞧。我要找個機會讓她吃豬肉，再對她說『那是半獸人肉耶，妳居然真的吃下去了』這種話！」

「那我也會助你一臂之力。莉莉絲大人裝得一副老饕的樣子，但我看她也分不出味道如何。既然要整那個土豪上司，只要跟她說那是鵝肝，就算是半獸人肉，她也會開心吃掉。」

她好歹也分得出鵝肝和半獸人肉的口感吧。但莉莉絲對奇怪的東西沒什麼常識，搞不好真的會上當。

「再說，那個廢物上司一天到晚使喚別人。每週一到出刊日，即使我在休假，她還是會叫我去買漫畫。」

「隨便使喚部下跑腿這件事，我不予置評。我剛剛也被她叫去泡咖啡。那種事應該讓江戶時代的泡茶娃娃去做吧。」

「對啊對啊。再多說幾句！說到這個，我啊——」

這片夜空跟在地球看到的星空有點像，又有點不太像。

我跟愛麗絲就在這片夜空下，對那個殘忍的廢物上司大發牢騷，直到天空露出魚肚白，漸漸看不見星星的破曉時分為止——

4

隔天。

「只有我跟廢物上司莉莉絲大人，感覺不太放心，所以我帶了一個幫手來。」

「我是幫手阿忠。」

「你在耍我嗎？」

我向站在基地正門的莉莉絲介紹阿忠後，就被她罵了一頓。

「莉莉絲大人，妳幹嘛突然這樣？在我的部下裡，她算是最能打的喔。」

「我最擅長的招式，是用擒抱撲倒對手，跨坐在對方身上使出腕部固定技。」

聽到我的介紹，阿忠擺了個姿勢給莉莉絲看。

「不，我不是在問這個！這個穿著怪人布偶裝的女孩子是怎樣啊！」

阿忠——也就是蘿絲，似乎很喜歡這套布偶裝。不死怪物祭典結束後，到現在也還穿在身上。

「其中有很深的緣由。這傢伙平常都會穿成這樣，充當某個爺爺的寵物。」

「爺、爺爺的寵物？到底怎麼回事！從聲音聽來，裡面應該是女孩子吧！」

如月唯獨不能容忍兒童性犯罪。

看來似乎讓她產生了微妙的誤解，莉莉絲氣得火冒三丈。

「不是的，莉莉絲大人。這傢伙還在發育，很會吃，所以才欺騙爺爺討點飯吃。」

「還有餐後甜點呢。」

「我根本聽不懂你們在說什麼！搞不懂，我明明被譽為天才，卻完全搞不懂！這顆行星的一切都莫名其妙到極點！」

莉莉絲抱著頭放聲大喊，似乎放棄思考了。

雖說是欺騙爺爺，但這是雙方都能獲得幸福的善意謊言，所以沒問題。

「別看她這副德行，她打起架來可是跟我不相上下呢。」

「我隨時都在備戰狀態。也準備好要咬隊長了。」

莉莉絲轉身背對我們，似乎決定無視蘿絲。

「我已經不想繼續深究了。快點去調查遺跡！」

我跟蘿絲追在走向森林的莉莉絲身後，同時說道：

「我順便說明一下，這傢伙可以在緊急時刻噴火喔。」

「種類是火焰吐息喔。」

「這我實在不能置若罔聞，這到底是怎麼回事！阿忠到底是何方神聖啊！」

——通往遺跡的路上。

我正在向蘿絲介紹莉莉絲這個人。

「所以，莉莉絲大人就是將我送到這顆行星的罪魁禍首。我略施小技把她騙過來以示報復，但她到處都派不上用場。」

這個任務結束後，我跟莉莉絲就要回地球了。

這個陰沉的上司基本上很怕生，又不會掌握人與人的距離感。畢竟再過不久就會離開，她或許不想跟蘿絲繼續深交。

「雖然我幾乎沒聽懂，但總而言之就是，如果沒有莉莉絲大人的命令，隊長就不會來到這顆行星是嗎？」

在蓊鬱的茂密森林中，儘管蘿絲身穿布偶裝，卻依舊在隊伍最前方撥開樹叢。

……雖然不知道是不是因為人造合成獸容易適應環境，但真虧她有辦法穿著這身衣服在森林裡走動。

「嗯，可以這麼說吧。我當時還以為自己要死了。因為我被她送到高得離譜的上空嘛。回到地球之後，我就要揉到莉莉絲大人哭出來為止。」

聽到我說的最後一句話，跟我保持距離的莉莉絲渾身一震。

把我騙來這裡的罪魁禍首連珠炮似的說：

「六、六號，等一下。這是有原因的。畢竟當時座標位置出現偏差嘛。如果不小心把你們丟到行星中，沉到海底的話就沒救了。話雖如此，我也不可能精準無比地把你們傳送到地面上。如果是在上空，就算有一定程度的誤差，也在容許範圍之內。依愛麗絲和六號的降落速度來看，也不會在平流層燃燒殆盡嘛。」

……啥啊啊啊啊啊啊啊啊啊啊？

「妳剛剛說什麼？妳是故意把我們扔到平流層附近吧！要是再往上送一點，就會被拋到宇宙空間耶！王八蛋！」

看我朝她逼近，莉莉絲嚇得繼續解釋：

「這、這樣也不會讓你們喪命啊！你們這些戰鬥員的身體都經過改造，就算身處宇宙空間，也能活個三分鐘左右！雖然多少有些誤差，也會在時間內被行星的重力拉住。再、再說，你們最後也平安無事，那就好了嘛！」

這個臭小鬼，說到最後竟然惱羞成怒！

雖然嘴上這麼說，但這個混帳上司或許知道情勢對自己不利，警戒萬分地逐步後退。

「把我丟在那種地方居然還敢惱羞成怒，我饒不了妳！我還是要把這個該死的小不點揉到哭出來為止！」

「啊，你剛剛居然說我這個上司是該死的小不點！我要在幹部會議上告狀，讓阿斯塔蒂訓你一頓……等、等一下，六號！好，知道了，我們好好談！你想要什麼，還是想圖什麼利益！」

混帳上司或許發現局勢不利，只見她開始和步步進逼的我談起條件。

「畢竟我是幹部，某種程度上應該還能通融……住手，別再靠近我了！你、你確定？真的要這麼做？你認真的嗎？我很強耶！」

莉莉絲臉部不斷抽動，感覺隨時都要敞開白袍伸出觸手對我語出威脅。

這時，一陣竊笑聲忽然從和森林格格不入的布偶裝中傳出來。

仔細一看，雖然因為布偶裝的關係導致無法看清表情，但蘿絲的肩膀晃個不停。

「哈哈哈，我覺得莉莉絲大人跟隊長比較像朋友，不像上級跟下屬的關係耶！」

「等等，怪人布偶裝女孩。真要說的話，這個廢物戰鬥員應該像個幼稚的弟弟吧。這個男人總是讓我吃盡苦頭……」

「啊啊？我年紀比妳大，怎麼會是妳弟弟啊，混帳上司！幫妳收爛攤子的任務每次都會推到我頭上，吃盡苦頭的人應該是我吧！」

看到我們近距離瞪著彼此，互相拌嘴的模樣，蘿絲還是非常開心，肩膀晃個不停地說：

「好像在看隊長跟雪諾小姐吵架喔。對了，我要感謝莉莉絲大人！如果莉莉絲大人不是送隊長，而是送其他人過來的話……我現在可能就變成魔獸的餌食了！」

…………

蘿絲雖然神色開朗，說出口的話卻十分沉重。我們的惡意盡消，不禁面面相覷。

「吶，六號。那個布偶裝女孩看起來笨笨的，沒想到說起話來這麼沉重。」

「畢竟她的成長經歷很坎坷嘛。之所以穿成這樣，也只是為了來日無多的爺爺，扮演他死去的寵物罷了。」

莉莉絲原本不想跟那個布偶裝女孩扯上關係，根本連看都不想看一眼。聽完我的這番話後卻直盯著她看。

「……六號，在你的部下當中，阿忠該不會是最有常識的人吧？」

「她非常可怕。肚子餓的時候，別說是半獸人了，甚至連我都想吃下去。但她算是我們小隊的良心。」

…………

「抱歉，我剛剛聽見了無法置若罔聞的事。想把你吃下去這句話，是指性慾方面嗎？」

「是指食慾方面。」

5

起初莉莉絲雖然被嚇得半死，但沒想到誤會澄清後，這兩人居然意氣相投。

「——當時我就說：吾乃身披闇夜，枕眠於死亡的黑暗勢力。速速遠離此處。否則此夜將永無天明之時……！」

「莉莉絲大人好厲害！這句耍帥台詞跟我爺爺說的好像喔！」

常常迸出幾句中二病發言的蘿絲似乎深得莉莉絲喜愛。

畢竟這位上司，可是自稱黑之莉莉絲的真中二病患。

上司今天也中二到極點。受到爺爺荼毒的蘿絲看起來反倒正常許多。

「我爺爺常說：『愚蠢的人類得盡早由我們親手毀滅。』」

「我已經對阿忠的爺爺產生親近感了呢。我小時候也說過類似的話。」

見面後才過幾個小時，中二病的上司和部下就立刻產生共鳴了。

「我也對莉莉絲大人產生了親近感。妳的白袍和言行舉止都會讓我想起爺爺。」

不過仔細想想，蘿絲跟莉莉絲年紀相仿，而且都有點脫線，所以才會這麼投緣吧。

這時，原本心情愉悅的莉莉絲忽然停下動作，似乎察覺到了某件事。

「……妳爺爺跟我一樣穿著白袍嗎？也就是說，這顆行星上有科學家……？」

「雖然不知道科學家是什麼，但他總說自己造出了最強的生命體，還會高聲怪笑呢。」

聽到蘿絲這麼說，不知為何，莉莉絲移開了視線。

……這麼說來，這個人在改造室裡，也會一邊嚷嚷著「我要做出最強的怪人」，一邊高聲尖笑。

據本人所說，在改造手術前說那種話，就像怪人抽卡前一定要討個吉利。

自己居然被形容成怪人抽卡。對接受改造手術的怪人來說，實在太難堪了。

我真想告訴這個瘋狂上司，她就是這樣才沒辦法登上投票排行。

「妳跟其他三個部下不一樣，比較能溝通呢。哦，阿忠妳看，樹洞裡長出了神祕的蘑菇。雖然蘑菇常長在樹根或腐朽的樹幹上，但長在這種地方……啊啊！阿、阿忠！」

「脆脆的很好吃耶。莉莉絲大人要來一口嗎？」

莉莉絲剛在樹洞裡發現蘑菇，蘿絲就毫不猶豫地把蘑菇拿進布偶裝裡了。

「阿、阿忠……？在自然界中，要特別留意蘑菇才行啊。隨便就吃下肚太危險了，而且那還是生的……」

蘿絲把生蘑菇放進布偶裝的縫隙間，發出喀哩喀哩的聲音。莉莉絲雖然被她嚇個半死，依然不忘向她闡述蘑菇的危險性。

「我知道了，莉莉絲大人，以後我會烤熟再吃！啊，這裡長了一個很漂亮的蘑菇耶。帶回去烤來吃吧。」

「沒聽懂，妳根本沒聽懂啊，阿忠！不能把未知的蘑菇吃進去，而且彩色蘑菇在在顯示它含有劇毒啊！」

蘿絲彷彿對神祕蘑菇的滋味難以忘懷，又繼續採集蘑菇。莉莉絲連忙制止她。

「我不會阻止妳，但至少等我檢查完之後再吃！」

「我知道了，莉莉絲大人。到時候一起吃火鍋吧。最近半獸人肉很便宜呢。」

前陣子才參觀過農場的莉莉絲一聽到半獸人肉，臉部就開始抽動。

「呃，阿忠妳有這麼餓嗎？六號，教她如何在野外求生吧。蘑菇不能亂吃。如果不吃東西就會餓死的話，吃昆蟲是最好的。雖然外表很恐怖，但營養豐富，而且大多沒有毒性。」

「莉莉絲大人，我唯獨不想吃昆蟲。」

「我也沒辦法吃蟲耶，莉莉絲大人。」

聽到我們秒答，莉莉絲用看著不受教孩子的眼神看著我們。

「你們這樣好意思說自己是如月的戰鬥員嗎？明明能吃會說人話的半獸人，怎麼能害怕昆蟲呢？」

說完，莉莉絲無奈又傻眼地聳聳肩。

「哦？蘿絲，那裡有隻紫色蚱蜢耶，還在唧唧叫。抓給莉莉絲大人品嚐一番吧。」

「包在我身上，莉莉絲大人。我這就去抓！」

「剛剛是我不好。我實在沒有勇氣把還在唧唧叫的蚱蜢吃進嘴裡！請你們大發慈悲原諒我吧！」

6

離開基地後過了六個小時。

我們終於抵達本應近在眼前的神祕遺跡。

「阿忠，終於到了。不要一看到會動的東西就抓進嘴裡吃掉喔。」

「呃，莉莉絲大人才是吧。請妳不要一看到稀奇的東西，就隨隨便便靠過去。森林裡有很多危險的生物。」

之所以會耗掉這麼多時間，主要原因就出在她們身上。

蘿絲看到疑似能吃的東西就想吃看看；莉莉絲看到稀奇的東西就想帶回去調查一番。

都怪這兩個人動作慢吞吞，這一帶都已經太陽西沉了。

「怎麼辦，莉莉絲大人？起初只打算稍微進去調查一下就走人，但現在要回去基地的話也很費事。」

不知是不是太興奮耗盡了氣力，莉莉絲跟蘿絲坐在遺跡入口處。我一邊警戒四周，一邊這麼說。

「現在回去隔天再來也挺麻煩的。今天就在這裡住一晚，天亮了再開始調查吧。有我在就不必擔心魔獸來襲。」

莉莉絲說完便露出一抹笑容。但這個上司實在不可信。

「為了保險起見，先調查一下遺跡內部吧？我滿腦子只有莉莉絲大人不小心睡著後，被遺跡裡衝出來的怪東西襲擊，哭著大吼大叫的畫面。」

「……你說這種話的時候偶爾還滿靈驗的，讓人心裡不太舒服……雖然我真的很想休息，但也只能這麼做了。再努力一下吧，阿忠。」

「我知道了，莉莉絲大人。探索遺跡的任務就交給我吧。在與爺爺共度的回憶中，我記得有來這種地方玩過！」

蘿絲說了些莫名其妙的話，而且和莉莉絲莫名親近。接著，我們便踏進前陣子大蜥蜴守護的那座遺跡。

——不知怎地，遺跡內部非常明亮。由於擊退巨大蜥蜴時，莉莉絲用反潛深水炸彈轟過的關係，整座遺跡變得殘破不堪。

「……雖然聽說過大蜥蜴在守護遺跡，但牠根本沒在工作嘛。」

聽到一無所知的蘿絲發表感想，莉莉絲對我使了個眼色，示意我不可透露真相。

「遺跡內部之所以會這麼亂都是莉莉絲大人使用的武器造成的。蜥蜴有在認真工作。」

「啊！你這叛徒！」

莉莉絲雖然大受打擊，但跟上次只有微微一瞥的反應不同，這次她非常在意遺跡內部的狀況。

「……吶，六號。我記得你探索過其他遺跡吧？那些遺跡的外牆材質跟這裡一樣嗎？」

莉莉絲向我提問時，難得露出了研究者的神情。她撫過遺跡牆面，瞇起雙眼細細觀察。

「我怎麼會記得那種細微末節的小事……啊啊，但雪諾削了點遺跡牆面和殘骸帶回去了。她當時大吵大鬧說：既然沒拿到金銀財寶，至少挖點製造牆面的金屬材質拿去賣錢。」

「這、這樣啊。這樣我反而對雪諾那個人有點改觀了。論她對金錢貪得無厭的程度只能算是三流，但做到這種地步就是一流了。我完全感受到她為了錢不擇手段的心情。」

老實說，只要還能騎上獨角獸，這個女人甚至不排除賣身一途。

……這時，手撫牆面的莉莉絲疑惑地頻頻歪頭。

「嗯……怎麼算都不對啊……」

聽到莉莉絲的低語聲，我跟蘿絲互看一眼。

「怎麼了？如果是兩位數的加減問題，我可不會出差錯。今天我是莉莉絲大人的助手，需要幫忙的話儘管說。」

「我用手腳的指頭加上尾巴，可以算到二十一喔。」

「這樣啊。你們的好意我心領了，謝謝。還有，雖然我說過很多遍了，但你們進行作戰時，一定要跟會動腦的人一起行動喔。」

莉莉絲說完這句莫名其妙的話之後，又一個人喃喃自語起來。

「被棄置在葛瑞斯王國的坦克車顯然經過長年劣化逐漸腐朽。但這座遺跡的外牆也是用某種金屬製成，卻毫無鏽蝕痕跡。既然有這種技術，為何不用於坦克車之上？當然，也可能是打造這堵外牆的金屬太重，不適合用來製造坦克車。但既然如此，也該只施於表面塗裝才對……」

看到莉莉絲一股腦地沉入自己的思考之後……

「喂，蘿絲。感覺會拖很久，我們來玩圈圈叉叉吧。先用五個圈圈或叉叉連成一條線就贏了。怎麼樣，要不要用今天的晚餐當賭注，跟我一決勝負啊？」

「我當然要接下這個挑戰。不是賭錢，而是賭晚餐，這個賭注深得我心呢。」

…………啊！

「話先說在前頭，只賭一餐，不是吃到飽喔。否則就算我獲勝也吃不了那麼多，而妳輕輕鬆鬆就能掃掉十人份吧！」

「隊長，你是隊長耶，說話別這麼小氣。肚子圓滾滾的隊長才帥氣啊！」

「……舉凡使用神祕光學武器的蠻族，還有外表看似蜥蜴的機械武器，這顆行星為何隱藏著高度文明的痕跡？卻又將廉價的戰鬥車隨意棄置，簡直像在誇耀似的……」

——三十分鐘後。

一直煩惱至今的莉莉絲抬起頭來，似乎發現了什麼。

「戰鬥員六號！問你一件重要的事。除了這裡之外，你們發現過的遺跡內部有沒有人骨？收納巨大機器人的地點，真的只有機器人而已嗎？」

「我不是叫妳把規則記好嗎？妳這蠢貨！輪到自己的時候只能畫一個符號，輪到別人的時候，也不能把劃過的叉叉塗掉或擅自移動！」

「那、那把隊長的圈圈和我的叉叉換個位置也不行嗎？這樣也太詐了吧。總覺得隊長先發制人比較有利！」

「那好啊，重來，讓妳先畫也沒問題！對了，妳是不是沒跟其他人玩過遊戲啊！」

看到我們圍繞著圈圈叉叉的遊戲吵得不可開交，莉莉絲的太陽穴不停抽動。

「現在在進行很重要的工作，你們在幹嘛啊！想玩遊戲的話，待會兒我會拿黑白棋給你們，所以等任務結束後再盡情地玩！」

「我會收下黑白棋啦，但現在更重要的是圈圈叉叉。這傢伙根本記不住規則嘛。」

「爺爺曾經說過，既然人類活在規則的框架中，必將毀滅人類的妳就毋須恪守陳規。」

因為事關晚餐，這傢伙就變得能言善道起來。

「妳只會在對自己有利的時候搬出爺爺的名言。他絕對沒說過這種話吧！」

「他、他應該有說過！感覺爺爺就會說這種話！」

「我剛剛浮現出一個驚人的發想，你們兩個在吵什麼！再繼續吵下去，就對你們施以觸手之刑喔！」

莉莉絲對我們破口大罵，並焦躁難安地再次環視遺跡內部。

「……對，沒錯！這座遺跡明明被棄置許久，至今卻依舊燈火通明。而且發光的能源還是電力……」

雖然對亢奮不已的莉莉絲有些卻步，我還是朝光源附近看了一眼。

「有個玻璃球懸在空中耶，這是什麼？難道裡面飼養著妖精嗎？」

「不對！呃，雖然我還是搞不懂妖精這種生物……但這個懸浮物是以周圍的電磁波為能量才會發光。這東西之所以會懸在空中，是運用了阻斷重力的材質，或是反重力技術。」

我完全聽不懂莉莉絲在說什麼，但我一臉嚴肅地點點頭說：

「也就是說，是不可思議的力量促使它發光又浮在空中嗎？」

「不是啦！」

太難的原理我不懂，但我發現到一件事。

「何必搞得這麼複雜，在這附近插個插座不行嗎？我記得另外一個遺跡的燈是嵌在牆裡的耶？」

「問題就在這裡！想必有某種原因才會故意這麼做。比如說……阿忠，這片土地上是不是常常發生地震？」

「咦，地震嗎……？以前確實經常地震，但這幾十年來幾乎都沒發生過。好像是砂之王搬離森林附近，地震頻率才忽然驟減。」

聞言，莉莉絲了然於心地點頭。

她的眼神彷彿看著遙遠的某處，變得有些豁然。

「所謂的砂之王，就是報告書上寫的地鼠吧？那隻巨大地鼠為何要搬離糧食充裕的大森林呢？是不是出現了對自己造成威脅的魔獸？……沒錯，比如被我打倒的那隻巨大蜥蜴。哈哈哈哈哈哈！……六號，透過這一個浮在空中的光源就能發現很多事情。你能理解現在是什麼狀況了嗎？」

莉莉絲的眼神原本只是在遙望遠方，如今卻越來越無力。她有些自暴自棄地拋出疑問，但我……

「當然搞不懂。」

「我也搞不懂。」

「這樣啊。算了，是我太愚蠢，才會搞錯商量的對象。愛麗絲！愛麗絲～！可惡，這種時候能商量的愛麗絲卻不在現場！我的天啊，要不要在初期就中斷調查，讓戰鬥員暫時返回地球呢……」

莉莉絲自言自語的時間越來越長，最後終於說起莫名其妙的內容。

這時，遺跡深處傳來了地鳴般的聲響。

「…………六號。我要回基地一趟，能不能請你去裡面看一下？」

「才不要。感覺絕對不能繼續往前走啊。」

從莉莉絲剛剛的氛圍來看，我大致能猜到現在是什麼情況。

意外得知了不可告人的祕密後，這些人就會被前來封口的幕後黑手做掉。漫畫經常有這種橋段。

莉莉絲的眼神開始閃爍，似乎跟我有同樣的想法。

「吶，六號，我們回地球吧。總覺得這顆行星不太妙。和宇宙創世根源相關的天使居然會現身於此。地底下還埋藏著精湛無比的技術。就當作我們今天在這裡什麼也沒看見，什麼都不知道，直接把遺跡入口埋起來吧。」

「妳在說什麼啊，莉莉絲大人。雖然我很笨，不是很懂，但好歹也能理解這座遺跡是個驚人的發現。我贊成逃回基地這個提議，但是把這座遺跡埋起來的話，會被阿斯塔蒂大人罵喔。」

平常見識到未知的技術時，莉莉絲都幾乎要飛撲過去，今天的樣子卻有點怪。

「被阿斯塔蒂罵又如何？為了讓愚蠢如你也能理解，我就直說吧。建造這座遺跡的人們是因為『若地震導致照明熄滅就傷腦筋了』這個理由，才讓光源浮在半空中。地球上也有不使用插座，而是利用電磁波蓄電的技術，但仍無法落實，也沒有能讓這種物體長年浮在空中的技術。你懂了嗎？住在這裡的某種存在，技術水平絕對超越人類。」

莉莉絲神情嚴肅地說，彷彿在懼怕些什麼。

「聽妳這麼說，我也只能說『喔，這樣啊』而已。就算莉莉絲大人擁有高超技術，要是失去觸手，就會淪為被貓咪惹哭的超級雜兵。」

「少、少囉嗦，現在不是在談論我！技術的差距就代表種族的差距。你給我聽好，準備要侵略的那個國家其實比我們還要強大，這可不是鬧著玩的。」

莉莉絲似乎對我的態度不甚滿意，故意伸出一隻觸手拍拍我的臉頰。

再說，我以間諜身分派遣到這顆行星，就是為了釐清當地人的實力。

所以，雖然能理解莉莉絲說的這番話……

——就在此時。

「奇怪？這是什麼？莉莉絲大人身上長出了奇怪的東西！」

看到從白袍伸出的觸手時，蘿絲發出驚叫聲。

「……呃，不好意思，阿忠。我正在跟六號商談要事……」

她對深感困擾的莉莉絲說：

「我小時候看過這個扭來扭去的銀色玩意兒！」

…………

「其實我很早之前就想問了，但都刻意要自己忽視這件事。吶，阿忠，妳到底是何方神聖？」

莉莉絲一臉嚴肅地以沉穩嗓音如此問道。

「我是會把人壓在身下的大猩猩阿忠。」

「好，我知道，這個奇怪的設定已經不重要了！我要聽的是真相！」

自我介紹到一半就被打斷的阿忠摘下了布偶裝的頭。

「那就容我再次介紹……我是隊長的部下，人造合成獸蘿絲。請多多指教，莉莉絲大人！」

看到從布偶裝中現身的蘿絲，莉莉絲驚愕地張大了嘴。

「……呃，等等。六號，我記得蘿絲是……」

「報告書上不是有寫嗎？她就是能吸收食物的特徵，藉此增強實力，未來的怪人候補兼實習戰鬥員——蘿絲。」

聽了我的說明，莉莉絲抱著頭蹲下來。

「到底是怎樣！我不懂，我真的不懂了！如果她是合成獸蘿絲，那被我看到小雞雞的合成獸又是誰啊！」

啊啊，原來如此。

莉莉絲以為報告書上寫的合成獸部下是羅素啊。

「妳在說什麼啊，莉莉絲大人。報告書上不是有寫她是女生嗎？」

「呃，確實有寫！話是這樣沒錯！」

她對不明所以歪著頭的蘿絲說：

「我姑且先確認一下。合成獸，妳沒有小雞雞吧？」

「不好意思，雖然我剛剛說莉莉絲大人跟爺爺很像，但還是撤回前言好了。」

看到蘿絲被她嚇得退避三舍，莉莉絲連忙搖頭。

「妳誤會了，合成獸！這是有原因的……！」

「莉莉絲大人看過女裝羅素的小雞雞，所以認定合成獸並無性別之分了。」

「我無法再把羅素先生視為同族了……」

「——也就是說，阿忠就是蘿絲，也是報告書上寫的那個合成獸。而妳從小就生長在這種設施裡頭……對了，妳還看過跟我的觸手類似的金屬物體？」

「嗯，大致上都正確。」

聽了我跟蘿絲的說明，莉莉絲終於搞清楚了。

「拜託妳一開始就說自己叫蘿絲嘛，就不會搞出這些莫名其妙的事情了……阿忠到底是什麼鬼……」

莉莉絲垂下肩膀低喃，似乎對先前的狀況感到筋疲力盡。

「妳要求我們不能用假名，根木毫無說服力嘛。莉莉絲大人的本名不是叫安田嗎？」

「不、不准叫我安田！加入如月之後，就禁止用本名稱呼別人！別說這些了，快點離開這裡吧！說不定剛剛聽到的那股低鳴聲已經往這裡來了！」

雖然不知道什麼時候多了這個規則，但安田漲紅了臉如此喊道。

被我用本名稱呼後，莉莉絲滿臉通紅地扯著白袍。

蘿絲將布偶裝的頭部摘下，形成一幅絕妙的光景。她目不轉睛地看著莉莉絲說：

「莉莉絲大人，我好像知道這裡是什麼地方。從深處傳來的低鳴應該不是什麼可怕的東西。」

我也不明白自己怎麼會知道這種事情。

蘿絲那張隱含著不安的神情，彷彿正如此訴說。

「莉莉絲大人跟隊長先回基地靜候吧。我進去裡面調查。」

說完，蘿絲微微一笑，彷彿要讓我們安心似的。

7

——因為某人投下的反潛深水炸彈，各處的神祕光源盡碎。遺跡的走廊上被微弱的燈光照映著。

腳邊還散亂著片片殘骸……

「喂，蘿絲。妳該不會是在這裡長大的吧？把這座遺跡搞得殘破不堪的人就是她。想抱怨的話儘管衝著她來。」

「等、等一下，六號！你明明也沒想到會在那隻蜥蜴的巢穴中發現這種遺跡啊！」

我跟莉莉絲之所以比平日還要碎嘴，是為了表現出和善的一面。

邪惡組織的幹部和戰鬥員怎能丟下小孩子不管，夾著尾巴逃回去呢？

說服打算隻身前往內部的蘿絲後，我們三人繼續探索遺跡。

「那個，隊長和莉莉絲大人不用勉強喔？雖然從剛剛開始，每看到奇怪的東西都會被嚇一跳，但神奇的是我並不懼怕他們。所以我一個人也無所謂喔？」

蘿絲走在前方，在微弱光源照映下的昏暗走廊上繼續前行。

我和莉莉絲以蘿絲嬌小的背影為目標，朝著依舊低鳴不斷的深處前進。

「……可是，光看掉落的殘骸，感覺不像是自然剝落的現象。順帶一提，這可不是我的反潛深水炸彈惹的禍喔。這些殘骸並非最近才停止運作，應該是某場戰鬥留下的痕跡。」

「喂，蘿絲，千萬別相信她的話。她明明沒有證據，卻老是滿口胡謅。」

我沒把莉莉絲抗議的視線當一回事，蘿絲則輕笑出聲。

剛才明明還怕得要死，卻還是抱怨連連地跟了過來。看著莉莉絲的舉動，她應該有些想法吧。

「莉莉絲大人果然還是跟爺爺有點像。」

聽到蘿絲脫口而出的這句話，不習慣被人溫柔相待的莉莉絲撇過頭。

──遺跡深處有個房門巨人的房間。

我們警戒著內部傳來的低鳴聲一邊開門，結果裡面放了一個似曾相識的玻璃槽。

沒錯，這確實是在鄰國托利斯看過的東西。

跟封印羅素的玻璃槽相同……

「六號你看，這是用玻璃槽培養驚人物質的裝置！具體來說，就是人工生命體美少年，或是某個人的複製人！把這玩意兒拿給愛麗絲解析，製造出第二、第三個阿斯塔蒂或彼列！我們就讓剛出生、溫柔又天真的阿斯塔蒂她們寵上天，輕鬆愉快地被她們豢養吧。」

莉莉絲的反應跟我第一次看到這個玻璃槽時一模一樣。

「呃，抱歉，莉莉絲大人……這大概是我的臥床……」

蘿絲一臉愧疚，對在玻璃槽前興奮雀躍的莉莉絲這麼說。

「……我當然知道。這只是科學家的玩笑罷了……六號，你那是什麼表情？有話想說的話，我待會兒再聽你慢慢說，現在給我閉上嘴。」

看到我露出不懷好意的笑容後，莉莉絲滿臉通紅地展開調查。

接著，我和莉莉絲面對的是——

「莉莉絲大人，妳想說什麼嗎？」

「六號你看。它應該在這個地方守了很長一段時間。就算像這樣無法動彈，卻依舊為了創造主盡忠職守。真想讓某個進入叛逆期的仿生機器人好好學學。」

一具人型機器人橫臥在我們眼前。即使手腳遭到破壞，還是不停發出地鳴般的呢喃。體型約有三公尺。

雖然不知道是用什麼材質打造而成，但鉛製的子彈應該無法傷害它。就連我也能看出這一點。

「莉莉絲大人就是在怕這玩意兒嗎？」

「少、少囉嗦。你也不敢一個人走進遺跡深處啊。」

這時，在房間裡到處走動的蘿絲來到我們身邊。

「這是園丁機器人留吉先生。」

「「留吉先生？」」

此話一出，方才營造的那股暗黑氛圍全都化為泡影。我和莉莉絲不禁異口同聲。

「雖然不知道園丁機器人是什麼意思，但這個魔像是留吉先生。不知為何，我的腦海中就出現了這個名字。」

（……莉莉絲大人，該怎麼處理留吉先生呢？要帶回基地修理嗎？）

（不不，我實在沒辦法修理初次見面的留吉先生啦。就算我是天才科學家，也不清楚地球以外的機器人構造啊。）

或許是聽見我和莉莉絲竊竊私語的聲音，只見蘿絲微微歪頭。

「不，因為庭園已經消失，留吉先生差不多想退休了。他說沒有手臂就按不到背上的停止按鈕，所以希望我們幫他按一下。」

「咦咦……妳聽得懂機器人語啊……？」

為了按下留吉先生的停止按鈕，蘿絲和莉莉絲繞到那具巨大身軀的後方。

至於我則是將留吉先生交給二位處理，在附近到處查看有沒有什麼值錢的物品……

我忽然看到貼在牆上的一幅地圖。

走近伸手一摸後，我發現那張地圖並非紙製，而是石油製品。

「六號，你在看什麼？我已經受理留吉先生的離職信了。」

聽莉莉絲這麼說，我轉頭一看，發現蘿絲向動也不動的留吉先生雙手合十，靜靜地獻上祈禱。

基本上來說，蘿絲是個好女孩。但除了頭部外，我覺得把整身布偶裝都脫掉比較好。

……不過，園丁機器人留吉先生、神祕遺跡裡隱含的高等文明……

「莉莉絲大人，我可以放棄思考了嗎？」

「打從一開始我就沒指望你動腦。這件事就交給我和愛麗絲吧……別說這些了，這張地圖……」

當我們倆盯著地圖看時，神情豁然開朗的蘿絲走了過來。

「隊長，我們回去基地吧。這裡應該沒有其他東西了。雖然我也不懂自己為什麼這麼有把握……」

雖然她的記憶被喚醒了些許，但最關鍵的部分果然還是忘得一乾二淨。

「啊，這張地圖……」

蘿絲忽然指著我們正在觀察的地圖。

「這個！我之前好像沉眠於此！雖然現在才發現到這件事，但我就是在這座遺跡被人找到的。這裡是我的別墅。」

來到這座遺跡後，蘿絲的記憶似乎不停湧回腦海，說出了這番話。

什麼別墅啊，妳不是人造合成獸嗎？

難不成妳是合成獸王國的千金大小姐？

「……莉莉絲大人很聰明吧？妳不是跟她意氣相投嗎？能不能拜託莉莉絲大人探索這傢伙的身分？跟蘿絲有關的資訊量太過龐大，我覺得自己快要壞掉了。」

「你早就壞掉了啊。而且我對她又不熟悉，你還把這個難題硬推給我……」

蘿絲用我剛剛拿來玩圈圈叉叉的麥克筆，在地圖上一筆一筆地畫上記號。莉莉絲無視她的舉動，繼續說道：

「簡單統整一下。她是在此處誕生，沉眠於那座別墅。當她醒來時，曾為故鄉的這座遺跡卻被某人破壞殆盡。而她自己則失去了記憶……」

「……破壞遺跡的某人不就是莉莉絲大人嗎？」

「我的反潛深水炸彈哪有這麼強的威力啊！真、真的啦！這座遺跡早就空無一物了！我是說真的，所以拜託別再用那種眼神看我了！」

這座空蕩蕩只剩殘骸的神祕遺跡就是蘿絲長大的地方。雖然在這次的遺跡調查中只釐清了這一點，但也算有所斬獲。

這時，蘿絲開口介入我們的對話。

「我記得這裡應該還有更多機械才對……還有負責守門的巨大蜥蜴菊藏先生……在莉莉絲大人停掉菊藏先生之前，其他人是怎麼進來這座遺跡的？」

哦，蘿絲再次提供的新情報好像讓莉莉絲委靡不振了。

「怎麼辦，莉莉絲大人？你不只把失憶合成獸的故鄉搞得一團糟，還殺了那隻巨大蜥蜴。咦？是叫菊藏先生嗎？」

「反、反過來思考吧！菊藏先生的使命就是守護這座遺跡，直到蘿絲回來為止。之所以被我打倒，是因為牠完成了使命……回到基地後，我會請蘿絲吃很多日本的垃圾食物。這樣可以放我一馬嗎？」

「雖然不知道日本垃圾食物是什麼，但請務必讓我嚐一嚐。」

即使不懂這個詞彙，但蘿絲可能知道那是指某種食物便立刻回答了。

菊藏先生的地位居然不如垃圾食物。這一點雖令人痛心，蘿絲卻對莉莉絲充滿感激。因為就如莉莉絲所言，菊藏先生已經盡忠職守，因此能和留吉先生一同卸下職位，反而算是一樁佳話。

平常老是招人怨恨的陰險上司臉上滿是困惑──

8

隔天早上。

在那座遺跡過了一晚，我們回到基地。愛麗絲上前迎接。

「你們這群壞傢伙終於回來了。只是去調查附近的遺跡，為什麼早上才回來？」

愛麗絲劈頭就是一頓酸言酸語，但看到我們的模樣後，她不解地歪頭。

她的視線前方是神情莫名豁達的蘿絲，以及表情完全相反的莉莉絲。

「喂，六號。蘿絲看起來比平常還呆，莉莉絲大人的憂鬱陰沉指數也提升了。你們在遺跡裡發生了什麼事？」

經愛麗絲這麼一問，我便從頭娓娓道來……

「——事情又變得這麼麻煩。所以，蘿絲恢復記憶後，在這張地圖上畫了五個標記。一個是蘿絲被人發現的遺跡，一個是你們昨天調查的遺跡，一個是上次在托利斯發現的遺跡。剩下兩座遺跡的其中之一……這個位置不就是魔王的老巢，魔王城的所在地點嗎？」

愛麗絲看著我們帶來的地圖這麼說道。

「……咦，真的假的？這傢伙的別墅跟其他據點被魔王占領了？還是說，她平常掛在嘴邊的那句『人類是我的敵人』其實是超危險發言？該不會……」

「啊啊啊啊，等一下啊，隊長！這是誤會！我又不是魔族！呃，雖然同族的羅素先生曾隸屬魔王軍麾下，但對我們來說，魔族和人類並無區別……」

愛麗絲用憐憫的目光看著慌了陣腳的蘿絲。

「別擔心，妳這麼笨，我不會懷疑妳是內賊。應該這麼說，從妳的別墅遭到破壞來看，我們的競爭對手魔王將妳的據點占為己有，才是正確的判斷。」

聽愛麗絲無比冷靜地這麼說，蘿絲鬆了一口氣。

「不過，妳不繼續當阿忠了嗎？」

被愛麗絲這麼一問，蘿絲爽朗的臉上勾起一抹笑容。

「哎呀，都已經知道這麼多事情，我也覺得不能窩在新爺爺那邊吃飽睡飽了……而且隊長和大家都在幫忙調查我的過去，我應該在如月好好工作報恩……」

說完，蘿絲吐舌搔了搔頭。但在知道真相之前，也不能窩在那裡吃飽睡飽吧。

……這時，愛麗絲對露出苦笑的蘿絲說：

「居然這麼神清氣爽啊。歡迎加入祕密結社如月。我們結社是邪惡組織，要毫不猶豫地違法亂紀，也不允許背叛行為。敵人就要加以擊潰，絕無正義可言。不過……」

最近表情越來越豐富，原本是基於理性主義製造而成的仿生機器人說：

「如月非常重視夥伴。不論要花多少時間，我們一定會幫妳討回被魔王侵占的家。」

我跟莉莉絲回地球之後，這裡的戰力就會變弱，她還說得這麼篤定。

「……喂喂，愛麗絲小姐。妳是不是忘記我要回去地球啦？這顆行星的戰力會一落千丈喔？來，說，快說吧。如果有六號的力量，我們就能輕鬆取勝。」

「是啊。如果有六號在，三年內就能占領魔王城了。你不在，就要花上三年時間。」

哦，什麼嘛。她居然這麼老實……

「……喂，時間根本沒有減少啊。只要有我在，一年內就可以搶回來吧？」

「就算有你在，頂多只會縮短三天左右。所以蘿絲的事就交給我處理，你安心回去吧。地球那邊才需要你。」

聽到我跟愛麗絲的對話，蘿絲開心地露出笑容。

這時，始終默默不語、無所事事的莉莉絲開口道：

「妳很堅強耶，合成獸。相較之下，我到最後根本一無是處。」

莉莉絲露出有些舒暢的表情。

「我在報告書上聽說過妳的事。過去妳一直以情報為誘餌被迫戰鬥、被迫等待對吧？難得抓到大好機會，妳還要再等三年嗎？」

聽莉莉絲這麼說，蘿絲有些困惑地看著我們。

「從今天開始，妳將正式成為我們的一分子。就像愛麗絲剛剛說的，祕密結社如月是重視夥伴的良心企業。」

雖然對「良心企業」一詞抱持相當大的疑惑，但在這一瞬間，這位靠不住的廢物上司似乎進化成如月引以為傲的最高幹部了。

「很好。實習戰鬥員蘿絲，歡迎妳加入祕密結社如月！我以其中一名最高幹部的身分誠摯歡迎妳。而且……」

愛麗絲展現出前所未有的愉悅神態。莉莉絲也與她相同，露出開心的表情。

「妳有想去的地方，也有想知道的事情吧？不必有任何顧慮。在如月的字典裡沒有不可能三個字！」

心情暢快無比的莉莉絲用力張開雙臂對蘿絲這麼說。

蘿絲的才能長期都被這個國家埋沒，應該沒聽過別人對她說這種話吧。

除了爺爺之外毫無至親，就連撒嬌也不被允許。

生日那天也不曾收過他人的祝賀。

若非如此，她也不會如此興奮地漲紅了臉頰。

縱使泫然欲泣，但滿臉通紅的蘿絲仍下定決心開口道：

「莉、莉莉絲大人……我的願望，就是到魔王那裡去。我也想問問自己為什麼會住在遺跡裡，他對我的過往又了解到什麼程度！」

聞言，莉莉絲笑容滿面地說：

「好，我會和魔王協商。啊啊，協商可是我的專長呢！」

平常只會窩在家裡的陰沉上司竟然大言不慚地做出這種發言。

「……妳在說什麼啊，莉莉絲大人？妳明明就有社交障礙。光是被超商店員問一句『便當要加熱嗎？』，就會搖搖頭，連『麻煩你了』也不敢說，回家自己加熱耶。」

「少、少囉嗦，六號。我之後要採取的是如月流的談判術！」

莉莉絲根本沒把我的話聽進去，強硬地這麼說。

在一旁觀看莉莉絲的愛麗絲開心地調侃道：

「喂，這樣好嗎，莉莉絲大人？妳之前明明怕成那樣耶？魔王軍是武鬥派的喔。」

聽了愛麗絲說的話後——

「吵死了，愛麗絲。妳以為我是誰啊？我是妳的創造主，祕密結社如月的高階幹部黑之莉莉絲，曾與全世界英勇抗戰。相較之下，區區一個邊境魔王又能奈我何？」

骨子裡超級膽小怕事的廢物上司惱羞成怒地如此放話。

「……呃，莉莉絲大人。待會兒妳要去協商是嗎？」

「是啊，實習戰鬥員蘿絲。等等我就要去協商。」

莉莉絲得意洋洋地對有些不安的蘿絲這麼說：

「跟我來吧。我要讓這顆行星的居民和同業競爭者瞧瞧我們如月的厲害！」

平常明明就膽小又怕事，但只要認定為夥伴的人真的碰上麻煩，她就會傾力相助。

雖然這個廢物上司說話難聽、心腸又壞，毫無可取之處。但唯獨這一點受到眾人認可。

「真的可以嗎，莉莉絲大人？對方是魔王喔？大概不是天使那種層級喔？若非傳說中的勇者，應該很難應付。」

「而且，根據昨天調查遺跡的結果，這顆行星的科技水平或許比我們還要高吧？這樣妳還要去協商嗎，製造者？妳想去的話，我會隨行。」

「……真是的，你們兩個！為什麼在我提起幹勁的時候潑冷水啊？你們也知道我很膽小吧？像六號你自己明明也有奇怪的豔遇，所謂無法跨越的那條線就是那麼一回事喔。」

「我跟妳相處這麼久了當然也懂。只要有動力，妳就能做出驚人的表現，但妳一下子就會退縮，才會一點威望也沒有。沒人投票給妳也是這個原因喔，莉莉絲大人。」

明明這麼討厭這顆行星的居民，一直想把我帶回地球。但這個上司的本性跟我一樣，無法徹底作惡，天真又溫柔，喜歡鬧彆扭。

被我如此回話後，這位渾身破綻、無法令人討厭的嬌小上司立刻沉默不語。

「啊啊，對啦，在三個幹部之中，我就是最膽小怕事的人。我也承認自己失誤頻頻又糊塗！……可是，雖然失敗的次數比任何人還要多，但我的功績也是眾人之冠啊！」

那一天，我尊崇的上司兼最高幹部，黑之莉莉絲終於展現出她真正的實力——

最終章

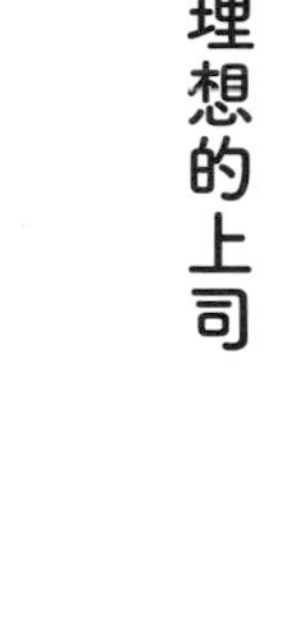

為了成為理想的上司

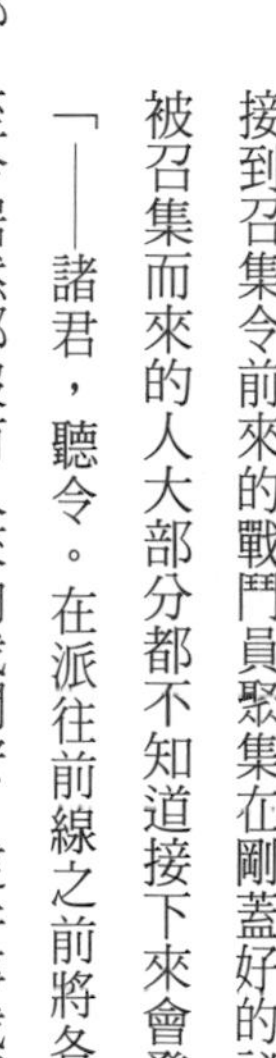

1

莉莉絲鼓起幹勁的隔一天。

接到召集令前來的戰鬥員聚集在剛蓋好的祕密基地前。

被召集而來的人大部分都不知道接下來會發生什麼事就被叫過來了。

「——諸君，聽令。在派往前線之前將各位召集於此，不為別的。我身為如月最高幹部，至今居然都沒有人來向我問安。這件事我不予追究。畢竟我是寬宏大量的上司，不會因為被孤立被受傷，也不會懷恨在心。」

莉莉絲站在臨時做出來的演講台上，在眾人面前大聲疾呼。

雖然她每句話的字裡行間都透露滿滿的恨意，但沒人插嘴。

因為今天莉莉絲的眼神沒有一絲胡鬧。

一旦莉莉絲認真起來，資深的戰鬥員就會信任她。

「你們應該很多人都見過她，可能也跟她說過話了。今天我要介紹新的實習戰鬥員……沒錯。就是站在我身邊的合成獸少女蘿絲！」

「初次見面的人，幸會！我是合成獸兼實習戰鬥員蘿絲，從今以後請多多指教！」

被安排站在莉莉絲身邊的蘿絲因為緊張而滿臉通紅地大聲說道。

在戰鬥員們的鼓掌聲中，莉莉絲靜靜地舉起手來。

「好的，諸君。你們之所以會被叫過來，當然不只是為了歡迎實習戰鬥員而已。我們如月裡存在著各式各樣的幹部。像是常把戰鬥員當成免洗用品的冷酷冰女，常說戰鬥員就要戰死沙場才有價值，只要夠強就能夠生存的肌肉腦火女。至於我……」

狠狠黑了兩個同事後，莉莉絲先頓了一會兒。

「在最高幹部中最替戰鬥員著想的我，絕對不會拋棄或背叛你們。在場的各位應該都明白這一點！」

聽到莉莉絲的演說內容，四周都傳來了竊竊私語的聲音。

（我在運送阿斯塔蒂大人的幹部服時正在吃熱狗，不小心沾到番茄醬。結果去找莉莉絲大人商量的時候，她用一句「我哪知道」就把我打發掉了。）

（那個人教唆我去捉弄彼列大人。當時我覺得調戲美女上司也挺有趣的，就跟著玩了起來。結果東窗事發後，她居然馬上就背叛我了。）

或許是聽見大家的私語聲，莉莉絲的眉毛抽動了一下。

「怎麼，有話想說的話，我就洗耳恭聽。我會記住你們的長相和姓名。因為我腦袋很好，所以不會忘記。到下次的人事調動前，我都會牢牢記住。」

這個混蛋上司毫不猶豫地動用權力，做出差勁無比的宣言。

她真的就是因為這樣，才會在投票活動中完全不受歡迎。

「也罷，先不計較我和你們之間的認知偏差了。我想說的是……如果你們這些戰鬥員因為外敵受辱，我一定會替你們報一箭之仇。」

這次沒人對莉莉絲說的話議論紛紛了。

「黑之莉莉絲」這個名號就代表她的本性有多麼惡劣。但她之所以還是能受人仰慕的原因，就是部下受到毫無道理的委屈時，她一定會去找敵人算帳。

雖然這個陰沉上司身上，有許多執拗又不可靠的黑暗之處，但唯獨這一點受到在場所有人的認可。

「……好。說到這裡，應該明白我為什麼要召集各位前來了吧。」

……………？

（喂，你知道嗎？）

（呃，應該是迎新會吧？等等要跟那個合成獸妹妹開派對。）

（什麼嘛。那我現在去森林裡抓莫吉莫吉。）

（陰沉上司還懂得開迎新會，挺細心的嘛。但我還是不會投票給她啦。）

看到這些戰鬥員完全沒搞清楚狀況，莉莉絲的臉都漲紅了。

「為什麼你們這些戰鬥員都是一群蠢蛋！喂，六號！你來說說待會兒要做什麼！」

哎呀，她就是這樣，部下們才會……

「換句話說，蘿絲是能夠將食物轉換為力量的人造合成獸。所以你們所有人都使用惡行點數，各自換取珍貴食材……」

「不對，算了！我身邊的人真的都蠢得可以！你們給我聽好，站在這裡的蘿絲飽含回憶的其中一個據點，已經被魔王軍攻占了！」

「咦咦！呃，不是啦，莉莉絲大人。目前還不確定是不是被攻占，只是前往地圖上標記的那些地方，應該就能略知一二而已……」

莉莉絲故意將蘿絲的輕聲吐槽當成耳邊風。

「戰鬥員都給我聽好。你們最喜歡的美少女！新加入的美少女合成獸飽含回憶的地點慘遭剝奪，她的心中充滿悔恨！雖然你們很蠢，但說到這個份上，你們總該明白了吧！」

「「「「喔喔喔喔喔喔喔喔喔喔喔喔喔喔！」」」」

這次好像終於聽懂了。

「現在就去攻打魔王！戰鬥員們拾起武器！虎男，你來統整全軍！」

莉莉絲對鬥志高昂的戰鬥員們大聲疾呼。

「攻破魔王城——！」

「說好的協商呢，莉莉絲大人——！」

蘿絲的聲音就這麼消失在戰鬥員的歡呼聲中——

「——接著分派任務。首先是怪人虎男！你帶著戰鬥員去魔王國鬧一場。先別管這陣子正在交火的鄰國托利斯。就算領地暫時被侵略，日後再奪回來就行。如果這場戰役能在一天內解決，應該也不需要攻打他們了。」

「也就是說，我們只要跟平常一樣扮演誘餌的角色就好了喵？」

拜託不要一臉嚴肅地敬禮，卻在語尾加上「喵」這個字好嗎？

「沒錯，你們負責誘敵。但不是平常在國境交界處上演的那種小糾紛，這次我要你們直接攻進魔王國。要把場面鬧大一點，可以放心交給你們嗎？」

「包在我身上吧，莉莉絲喵。好久沒有大幹一場，我都要摩拳擦掌了喵。」

虎男如他所言，真的啪嘰啪嘰地折起手指關節，並露出狂妄的笑容。

「那就拜託你了，虎男。還有，下次敢再叫我莉莉絲喵的話，我會用觸手懲治你。」

「我不會再這樣叫妳了喵，莉莉絲喵。」

虎男當場被處以觸手之刑。他被吊掛在半空中，喵喵叫著不停求饒。

「接著是戰鬥員六號！你跟蘿絲和我一起行動。」

「了解，莉莉絲大人。總之就是護衛的工作吧。」

「我會努力保護莉莉絲大人！」

聽到蘿絲雙手握拳這麼說，莉莉絲臉上漾起了一抹微笑。

愛麗絲將散彈槍扛在肩上，有些愉悅地看著莉莉絲的反應。

「愛麗絲妳就…………」

「我當然會和妳一起行動。放著廢物創造主不管太危險了。」

愛麗絲搶在莉莉絲下指令之前就說出口了。

對此，莉莉絲沒有應答，卻露出了開心的笑靨。

與此同時……

「等一下，莉莉絲大人。這次是要攻打魔王城吧？那我們也不想當誘餌，而是接下攻擊任務啊！」

「這樣我也想去。」

「就是說嘛。每次都只對六號特別待遇。」

「可惡的小混混，居然仗著自己資深，太齷齪了！你來負責誘餌的任務啊！」

被派遣誘餌任務的一堆雜兵戰鬥員不停亂吠。

神情困惑的莉莉絲稍稍歪過頭……

「是、是嗎？呃，既然你們這麼說，要代替六號也是……」

「哎呀，妳在說什麼呢，莉莉絲大人。我跟莉莉絲大人合作這麼多年了，這些混帳雜兵哪能頂替我的地位呢？這些髒兮兮的傢伙只配當誘餌而已。上位者可不能將已經做出的決定收回喔。」

莉莉絲還沒說完，我就立刻插嘴。

聞言，那些雜兵開始對我罵聲連連。

「啊啊，知道了、知道了，六號跟其他戰鬥員都冷靜點！我能理解你們的心情。既然這麼想跟我一起去，那誰來都無所謂。啊啊，唯獨戰鬥員十號不行。你會開飛機，要負責載我過去。」

看到這些部下如此仰慕自己，莉莉絲說話時毫不掩飾上揚的嘴角。

「……飛機？等等，莉莉絲大人。妳要讓戰鬥員十號開飛機，到底是想採取什麼作戰方式？」

總覺得有點不安，於是我慎重起見地詢問。

其他戰鬥員似乎跟我有同感，大家紛紛安靜下來，準備聽莉莉絲解釋。

「這個嘛……那我就來發表作戰概要。虎男率領的戰鬥員去挑釁魔王國，可以的話盡量鬧大一點。別在意動用武器所需的惡行點數。只要申請想用的武器，我就會全數奉上。沒錯，今天我請客，儘管用吧！」

聽到莉莉絲這般前所未有的豪邁發言，在場眾人都爆出歡呼。

不僅莉莉絲請客，還可以盡情使用最新型的武器。我也有點想跳槽了……

「趁你們前往誘敵之際，就由戰鬥員十號駕駛飛機，將包含我在內的四名同仁投入敵營正中心。雖然敵方沒有現代化兵器，卻有魔導技術，如此一來就能預測對方備有對空砲火。將我們投入敵營後，戰鬥員十號就立刻撤退，直接返回魔王國和葛瑞斯王國的國界線，從上空為虎男等人提供支援。」

……聽完整個作戰計畫後，所有人都沉默不語，只有戰鬥員十號點了點頭。

從上空投入敵人的大本營。

理應被譽為天才的莉莉絲，居然提出這種腦子有病的作戰計畫。剛剛把我臭罵一頓的那些戰鬥員全都轉過頭去。

「……真令人期待啊，莉莉絲大人。那我就去執行誘餌任務了，請妳平安歸來。」

「等等，六號。你的生存實力位居戰鬥員之冠，這時候應該由你上場吧。」

「沒錯。六號跟莉莉絲大人合作時間最久，斬殺魔王這種天大的功績理應讓給率先抵達這顆行星的你。」

「嘿，你怎麼把我們的玩笑話當真了？過去你拚死努力，我們怎麼會搶你的功勞呢？」

這群戰鬥員馬上就翻臉不認人了。

「別開玩笑了，你們這群王八蛋，跟我交換誘餌任務啦！應該說，為什麼我老是會碰上最危險的狀況啊？太奇怪了吧！被送到這顆行星的時候，我的空間座標是最不穩定的耶！」

我拚命地痛罵，但根本沒人理我。

「怎、怎麼了！不是六號也無所謂，你們也可以自願跟我隨行啊！」

2

「莉莉絲大人，祝您武運昌隆喵。」

編列地面先遣部隊的虎男向莉莉絲敬完禮後就出擊了。我們目送他的背影離去。

還要等上一段時間，以虎男為首的戰鬥員才會跟魔王國挑起戰爭。

就算在地面上再怎麼驅車前往，也贏不過我們搭飛機的速度。所以在他們引誘敵軍主力部隊聚集之前，我們得在此地待命。

最後留下來的是我、莉莉絲、愛麗絲和蘿絲，以及飛機駕駛戰鬥員十號。

雖然時間還很長，但現在最好先對莉莉絲原本花一整晚想出來的衝鋒計畫，進行一場縝密的沙盤推演。

「……作戰計畫就如同我先前的說明。在虎男可敬的犧牲之下，我們就狠狠咬住一臉呆樣、仰天大笑的魔王的喉嚨。雖然這個作戰計畫光聽就覺得十分魯莽，但這裡還有我在，所以沒問題。」

就因為是妳一手策劃才讓人不安啊——我拚命忍著別讓這句話衝上喉嚨。

「如果戰鬥員十號能精準投入，那是最好。反正魔王應該在城堡最頂端。如果對空砲火數量不多，十號就接近到極近距離，來到最高樓層的窗邊將我們丟進去。到時就破窗而入斬殺魔王，完美落幕！」

「還不能落幕啦，莉莉絲大人！我想跟魔王先生談一談！」

被蘿絲這麼一吐槽，莉莉絲才想起原先的目的。

「第、第二個作戰計畫！」

她似乎想把剛剛那些話當作沒這回事。

「如果對空砲火密布，無法接近城池的話，就連續投下好幾個降落傘當作偽裝，最後再把我們幾個主力投入魔王城後方。魔王城所在的首都如果有東西四處從天而降，城裡的敵方戰鬥員自然會分散到各個散落地點。當敵方戰力遭到分散時……我們就從後方闖入魔王城，一鼓作氣衝到最頂樓！再來只要一發現魔王就殺了他，任務結束！」

「我剛剛就說還不能結束啊，莉莉絲大人！妳不是說要去找他協商嗎？再說……」

蘿絲微微歪頭問：

「再說，雖然疑似發現了魔王先生的城堡，但我們要怎麼潛入？得先用在達斯特之塔裡取得的祕寶，將籠罩全城的濃霧驅散才行……」

……這傢伙幹嘛忽然說這些啊？

為什麼突然扯到ＲＰＧ遊戲的話題？

莉莉絲似乎也同樣疑惑，滿頭問號。

「等城裡的霧氣散去，就將打倒魔王軍四天王時取得的魔導石放進位於魔王城東西南北方位的四座高塔裡。接著只要確實獻上四個魔導石……」

「就能解開城堡的結界，開啟直搗魔王的道路——總之就是這樣吧。我知道啊。」

聽我這麼一說，蘿絲瞪大雙眼。

「隊長，你知道啊！這好像是高度機密耶……」

不管是使用祕寶驅散濃霧，還是用打倒四天王取得的道具解除結界，都是ＲＰＧ遊戲常有的經典套路。

這時愛麗絲說：

「喂，六號。說到底，在這個國家的傳說中，是受到指引的勇者大人才會擊敗魔王吧。你這麼蠢恐怕不記得了，但當初就是為了勇者大人，我們才要攻下那座達斯特之塔吧？」

……有這回事？

「就算得到塔裡的祕寶，敵軍四天王之一的風什麼鬼也帶著勇者不知道隨機傳送到哪裡去了……」

這麼說來，確實有這回事……

「……呃，那該怎麼辦？有沒有可能出現超展開，像是我體內某種神祕力量忽然甦醒，覺醒成勇者之類的。」

莉莉絲雖然有些慌張，卻說出這種話。跟我當時聽到勇者一事所說的台詞非常類似。

「把傳說這件事忘了吧。畢竟勇者已經消失，風之什麼鬼的四天王也無影無蹤。這樣就沒辦法採取任何經典套路了……再說，六號，你先前雖然打倒了三名幹部，但有回收魔導石之類的東西嗎？」

經愛麗絲這麼一提，我才發現確實沒撿到什麼掉落物。

……不，等一下。

「剛開始擊敗炎之海涅時，有拿到類似的石頭嘛。就是海涅哭哭啼啼哀求說『我什麼都願意做，快還給我』那個東西。當時我說『既然這麼想拿回去，就擺出色色的姿勢讓我拍照，我會考慮考慮』。」

「你做了那種事？連我都嚇到了。」

沒錯，那個應該就是魔導石。

「你居然記得這麼清楚，真是難得。順帶一提，後來你沒把魔導石還給海涅，用地雷把石頭炸破了。而且還當著海涅的面。」

……這我就沒什麼印象了。

莉莉絲和蘿絲紛紛朝我投來退避三舍的視線。

「再說，加達爾勘德身上也沒有魔導石。而水之羅素正在使用魔導石，解決這個國家水源不足的問題。就算真有辦法收集到這三個，也少了風之什麼鬼的那一個，這樣就沒戲唱了。所以經典套路還是不可行。」

聽愛麗絲斬釘截鐵地這麼說，就只剩下唯一一個方法了。

聽到這裡，莉莉絲無所畏懼地冷哼一聲。

「……看吧？我們畢竟是邪惡組織，不能照經典套路走。我們也沒必要採取正攻法。」

莉莉絲豁出去似的宣言道：

「沒錯，如月永遠都在打破常規。這次也依邪道而行，幹掉魔王吧！」

「就說不能幹掉魔王先生啦，莉莉絲大人——！」

「——時間差不多了。你們準備要進攻了嗎？」

虎男等人展開進攻後過了大半天。

至此始終雙手環胸、閉目聽我們說話的戰鬥員十號這麼說，並指向飛機，一副要我們快坐上去的感覺。

「……嗯、嗯。是已經準備好了……吶，戰鬥員十號。你跟六號一樣是普通職員，怎麼性格特別強烈？」

「沒這回事。我只是隨處可見的一般戰鬥員。」

莉莉絲可能沒和我以外的戰鬥員接觸過，對十號一無所知，因此對他充滿好奇。

這時，莉莉絲似乎想起了什麼，「啊！」地輕輕叫了一聲。

「啊！對，就是戰鬥員十號！是你胡搞瞎搞，才害我被這個國家的公主唸了一頓！」

十號對激動大吼的莉莉絲露出一抹冷笑。

「哦，我心中千頭萬緒，不知道妳指的是哪一樁。但我可是邪惡組織的戰鬥員。惡搞只不過是家常便飯……」

「不！不對！如果只是普通的壞事，我反而會鼓勵你去做！但你的狀況不一樣！你是不是本來要在公主的房裡大便！為什麼要做這種事啊！」

……哦哦，蘿絲看十號的眼神變了。就像在看從未見過、超出理解範圍的事物一般。

「妳又說得這麼難聽了，莉莉絲大人。就算我征戰沙場無數，平定各種禍亂，也要吃飯拉屎啊。還是妳要禁止我排便？若問我要選擇憋屎還是屠龍……我會毫不猶豫地挺身迎戰龍族。抱歉，我就是這種男人。」

「我是叫你去廁所解決啦。」

——雖然想繼續聽莉莉絲和十號的無腦對話，但時間差不多了。

愛麗絲率先搭上了莉莉絲動用點數換來的飛機——更正，是大型空降運輸機。

「喂，你們快點上來。十號本來就是這副德性，但怎麼連莉莉絲大人都把大便這個詞掛在嘴邊啊？之前還對空之王的大便表現出異樣的執著，連我都要被嚇哭了。」

「是我不好，這個話題就此打住吧。但我想對戰鬥員十號說一句話。以後拜託你去廁所解決。」

看似話語未盡的莉莉絲也搭上運輸機。確認所有人都搭乘完畢後，十號便駕駛運輸機飛上天際——

3

「隊長，我們在飛耶！你看你看，波波蛇跟莫吉莫吉在那裡打架！回程的時候繞過去看看，把輸的那隻抓回去煮來吃吧！」

蘿絲從窗戶俯瞰地面，顯得興奮不已，似乎對初次的飛行體驗感到新奇。

「怎麼樣，六號？這就是當地人接觸文明利器的反應。就是這個，我想看的就是這種反應。」

想被眾人吹捧莉莉好棒棒的莉莉絲，事到如今才感到心滿意足。

「……喂，我問一下。那不是你們說的空之王嗎？」

愛麗絲隔著窗戶環視四周，這麼說道。

被她這麼一問，我們都順著愛麗絲所指的方向看去。

「真的耶，那是空之王。體型這麼大，應該夠我吃吧……」

「呃，牠好像是守護獸，不能吃。」

聽到蘿絲語出驚人，我姑且對她吐了槽。可是……

雖然距離相當遠，看不太清楚，但地上好像有某個人被空之王追著跑。

他大概是襲擊了空之王的巢穴吧。

即使距離太遠看不清，我卻覺得被追趕的那道人影似乎相當眼熟……

「哦，怎麼了，六號？幹嘛一直盯著遠方。」

「呃，好像有個人還是什麼的被空之王追著跑……是不是出手相救比較好啊？」

如果不是在執行作戰計畫的話，就能藉收取報酬之便救救那個人了。

「……如果對方不是搶了重要物品，或拿著閃閃發亮的東西，空之王就不會追著他跑。要是偷了東西，事後有好好還給牠的話，空之王也會諒解。就算有閃閃發亮的東西，只要收進懷裡好好帶著，空之王也不會硬要搶過來。既然空之王追得那麼勤，那就是被追的那個人不好。」

沒想到蘿絲說得還挺狠的。聽她這麼說，我覺得有點眼熟的那個人應該自己想想辦法。

現在更重要的是……

「吶，十號。其實我從剛剛就一直很在意，你為什麼用遊戲搖桿在駕駛運輸機啊？」

「啊啊，因為這個款式我用得最順手。遊戲搖桿是用我自己的點數換來的。只要有這副搖桿，我的技術稱得上是世界頂尖呢。」

居然說世界頂尖，還真有自信。

「真可靠。那就期待你的表現嘍，十號。」

聽到我們的對話後，愛麗絲似乎充滿好奇。

「如果不是要參與降落作戰行動，我也能駕駛。不過你到底是在哪裡學了這種技術？雖然如月不建議追究成員的過往，但我實在很好奇。」

「哼，這件事就等彼此都平安生還後再談吧……但硬要說的話，我的家庭狀況有些特殊，所以駕駛飛機的技術也是自學的。」

………？

家庭情況特殊，為什麼要自學這種技術？

……咦？自學？

「快要到目的地了。現在就是我展現技術的時刻。嘿，真讓人躍躍欲試！」

不知為何，聽到這句自信滿滿的話，比起踏實可靠的心情，我反而覺得惶惶不安。

「好，大家準備好了嗎？拜託你嘍，十號。昨天我召集戰鬥員的時候，雖知不可能，還是隨口問問有沒有人會駕駛戰鬥機。現在就讓我們看看你當時表現出的那股自信吧……所有人聽令，準備降落！」

隱約可見疑似魔王城的物體後，緊張感緩緩地瀰漫在眾人之間。

……所有人都悄然無聲，但我還是問出了無論如何都想知道的那件事。

「……吶，十號。我還是很在意那個遊戲搖桿。你說是靠自學……該不會是從空戰騎兵裡學來的吧？」

這當然只是玩笑話。

我是想以這個話題為出發點，希望他告訴我到底是在那裡學的，所以才這麼問。

戰鬥員基本上全是傻子。

明明是個這麼蠢的戰鬥員，卻有飛行執照，這一點實在很詭異。

聽到我的疑問後，十號卻嗤之以鼻。

看了十號的反應，我反而鬆了口氣。

「也對，是我不好，居然問你這種奇怪的問題。」

我老實道歉後，十號露出苦笑聳了聳肩。

「啊啊，真受不了你。你以為我是誰啊？說什麼空戰騎兵初代，太小看我了吧……我常玩的是終極空戰騎兵，可以線上對戰，難度也提高很多。當時我從妹妹的撲滿裡偷錢拿去課金，還登上全世界前十名呢。」

「所有人立刻穿上降落傘背包！愛麗絲，妳現在有辦法駕駛嗎！」

「可以插上線路試試看，但這樣降落作戰計畫就會出問題。還是放棄這架運輸機，馬上降落比較安全。」

「你們幹嘛突然這樣？發生什麼事了？」

當我們像捅到蜂窩般焦急慌亂時，只有蘿絲一個人顯得冷靜。

「我就說嘛！我說過戰鬥員全都很蠢！對啊，如果有飛行執照，根本不會來當戰鬥員嘛！仔細想想就知道了啊，混帳！」

「冷靜點，六號，這裡交給我。只要有這個慣用的搖桿在手，我就無敵了。而且我還準備很多張課金用的ＪＴｕｎｅ禮品卡，別擔心。」

聽十號這麼說，我硬是把艙門拉開。

莉莉絲毫不猶豫地放聲大喊：

「開始降落——！」

——魔王城的領地在一片廣闊的荒野之中，四處還摻雜著零星的幾片沙漠。

我們降落在這片荒野正中央後……

「我、我還以為要死了……！等我平安回去之後，要痛罵十號一頓！」

不過說到底，那傢伙怎麼有辦法用遊戲搖桿讓飛機起飛啊？

「對了，大家都沒事吧？有沒有受傷？」

「我沒事！從天上掉下來的時候好好玩喔！」

「我當然沒事。如果有問題，現在我的動力爐應該會失控，把這一帶全數炸飛吧。」

莉莉絲在確認大家是否平安無事，看來似乎都沒什麼大礙。

現在更重要的問題是，我們跟魔王城還有段距離。

雖然不知道降落地點的確切位置，只知道這裡是魔王城領地深處。

那接下來要前往形跡模糊但肉眼可辨的魔王城，還是認定作戰失敗直接撤退呢……

虎男似乎正在追擊。我們落地後，就聽見遠方某處傳來疑似現代武器引發的爆炸聲。

「愛麗絲，確認我們的所在位置後，就移動到附近的高台吧。」

碰上這種麻煩也臨危不亂的莉莉絲馬上做出指示。

「現在地點位於魔王城北北西，大約十五公里處。雖然試圖連上莉莉絲大人的衛星，但這一帶並沒有高台。倒是發現了朝這裡來的敵人。」

「啊啊，可惡，敵人已經過來了嗎！我層層布局的完美作戰計畫，怎麼會變成這樣！」

「我覺得是因為莉莉絲大人沒仔細確認那傢伙的執照造成的。」

我說出精準的吐槽，結果被莉莉絲丟石頭。

「為什麼我每次都碰上這種事……！因為一般來說，正常的流程應該是動腦派的我擬定的作戰計畫大成功，展現帥氣的一面後，以精湛演技取消帶六號歸還的命令。在我離去後，被擁戴為最棒的上司，讓大家稱讚莉莉好棒棒啊！」

這是她平日的所作所為以及沒有深入思考所造成的。

…………嗯？

「喂，莉莉絲大人。妳剛剛說什麼？妳說要取消帶六號返回的命令，繼續以我的搭檔身分，讓他留在這裡嗎？」

「對啦，我是說了！有什麼辦法嘛！如果這裡只有貪婪騎士和電波女，我就會毫無顧慮地帶他回去。這孩子其實不是女裝合成獸，而是阿忠，而且還背負著這麼沉重的過去。看她這麼喜歡六號，就算是我也會重新考慮一番啊！」

聞言，愛麗絲停下動作。

「……該怎麼說呢。我偶爾會覺得，如月的幹部真的很多傲嬌耶。」

「少囉嗦，六號。至少我不是傲嬌，是坦率又溫柔的莉莉絲大人。」

聽見我們這番對話，蘿絲開心地微微一笑。

「雖然我很笨，聽不懂你們在說什麼。但意思就是，因為我很喜歡隊長，所以可以跟隊長和愛麗絲小姐永遠在一起嗎？」

「就是這樣。啊啊，這從頭到尾都只是我個人的意見啦！太好了，合成獸妹妹。回去基地後，妳可以盡情跟愛麗絲和六號大團圓了！」

莉莉絲的臉頰微微泛起紅暈，有些自暴自棄地大喊。

……該拿這個傲嬌上司怎麼辦呢？就跟愛麗絲一起吹捧她莉莉好棒棒吧。

——正當我思考著這件事時，卻見愛莉絲神情呆滯地仰頭望天，不知在想些什麼。

『啊——聽得到嗎，莉莉絲大人？這裡是虎男率領的誘餌部隊。完畢喵。』

莉莉絲的終端機傳來了虎男的無線電聯繫。

『跟魔王軍主力部隊交戰後，取得了一定的戰績，但「砂之王」忽然出現在交戰地帶。現在使用的武器對情勢不利，所以正往基地撤退中。而且砂之王出現後，魔王軍也一併撤退，此刻要是攻入魔王城，恐怕會跟敵方主力部隊強碰。所以我認定作戰失敗，建議撤退……喵。完畢。』

…………

難得的溫馨氛圍卻因這煞風景的報告功虧一簣。

仰望天空的愛麗絲略感無奈地聳肩搖頭道：

「……進展不順利啊。要是莉莉絲大人沒完成任務就回去，下次就換阿斯塔蒂大人或彼列大人過來了吧……不過能看見創造主的優點，也算是一種收穫。四面八方而來的其中一支敵方部隊，恐怕就是魔王軍的主力。莉莉絲大人，再送一架飛機過來，盡早撤離此處吧。」

……愛麗絲說得沒錯。這次我看見了莉莉絲的優點和善良的一面，所以就這麼算了吧。

「蘿絲，妳聽見了吧。雖然有點危險，但這次要先行撤退。下次準備得更周全，帶著百分之百的把握潛入吧。可能會多花一點時間，但我們一定會完成妳的目標。」

「好、好的！畢竟這次太急了嘛！探索遺跡時也得到了不少資訊，我已經很滿足了！」

聽了我的話後，蘿絲笑著這麼說。

『這裡是莉莉絲，作戰計畫繼續進行。我准許虎男一行人直接撤回基地。真沒想到砂之王會現身……啊啊，不對。仔細想想，根據截至目前為止的情報，應該很容易就能猜到，真是抱歉。你們做得很好，撤退吧。完畢。』

莉莉絲中斷所有流程，並用無線電如此呼告——

4

「啊啊，我知道啦。我知道自己老是出差錯，所以大家才叫我廢物上司。最常這樣喊我的就是你吧，戰鬥員六號！」

這裡是毫無遮蔽物的荒野正中央。

若在這種地方列陣，對方當然能看得一清二楚。

就算不列陣，從整片魔王城領地都能看見我們降落的情況。目前正如愛麗絲所言，魔族逐漸朝此處聚集。

也就是說……

——如今站在我們面前的，並非只有超越數千之譜的魔王軍主力部隊，隨後敵方人數也不斷增加。

「妳認真的嗎，莉莉絲大人？對方是魔王軍的主力，換句話說，幾乎是所有戰力了。妳有看到最前面的那個褐色巨乳嗎？她是魔王軍四天王之一的炎之海涅。」

沒錯，雙手環胸的海涅就站在我們面前那些警戒萬分、動也不動的魔王軍最前方。

「就是報告書上寫的同業競爭者幹部吧？褐色巨乳是什麼啊。胸部不是只要大就行了，我可是超級美乳呢。」

這位平胸上司給出了毫無意義的情報後，便和從剛才開始全不當一回事的愛麗絲共同準備迎戰。

「……那個，莉莉絲大人，妳在幹嘛啊？還有，妳真的要跟他們戰鬥嗎？」

也難怪蘿絲會如此疑惑。

「這是在準備，好讓我在緊急時刻能夠全力衝刺。」

雖說是準備，但也沒什麼大不了的。

莉莉絲只是把用傳送裝置送來的各式重型火砲設置在自己身邊而已。

「至於第二個問題，妳問我是不是真的要戰鬥……我只是先說說，好讓妳見識一下我的聰明之處。」

四周被榴彈砲團團包圍的莉莉絲愉悅地這麼說。

怎麼會這樣？是因為戰爭將至而興奮不已嗎？

這個陰沉上司原本不太喜歡像這樣正面對決耶。

「喂，六號。把這個裝好之後，送到莉莉絲大人旁邊去。」

愛麗絲說話的同時，指了指剛剛送過來的某個機械。

「……？愛麗絲小姐，這是什麼？」

「這是我不在的時候也能連上衛星的連線裝置。把這個裝置的延長線前端插進莉莉絲大人的小洞裡。」

「這個說法！等等，愛麗絲，妳這說法從各方面聽起來都很不ＯＫ！蘿絲，不能錯誤解讀喔。透過改造手術，我的身體埋藏了可以插入這種電線前端的插孔，就只是這樣而已。這件事非常重要，妳一定要牢牢記住，我身上的洞只是比一般人還要多而已，並沒有任何色情的意義喔。」

先別管一直亂自爆的莉莉絲，戰鬥的準備已經陸續完成。

莉莉絲拿起眾多火砲的延長線，在白袍下方弄個不停。

……好在意白袍底下現在是什麼情形。

「莉莉絲大人，我也來幫妳插電線吧。」

「免了。讓你幫忙的話肯定會出大事。具體來說就是色色的事。」

看到不熟悉的火砲陸續出現，以海涅為首的魔王軍逐漸提高警戒。

「吶，愛麗絲。妳不阻止她嗎？感覺後果會不堪設想。」

「莉莉絲大人很久沒見到你，想必也累積了不少壓力。真要說的話，這場不計成本的大放送也兼具紓壓的作用。反正對手是同業競爭者，就讓她好好大鬧一場吧。」

不愧是沒血沒淚的仿生機器人，思想有夠冷血。

「……不過，莉莉絲大人積纂至今的惡行點數，本來是要等到地球進入決戰時才用。要是在這顆行星同時驅動這麼多火砲，光是補充彈藥，她的惡行點數轉眼就會降到負值了。」

莉莉絲不愧為如月最高幹部，累積的惡行點數簡直不計其數。

光是靠製造無數驚人武器賺來的點數，在如月社內也算得上數一數二。

可是……

「那是用來對付英雄和巨大機器人的重要點數吧？怎麼想都不划算啊。」

「是啊。從地球傳送武器和彈藥過來也得耗費較多點數……她大概覺得就算在這裡耗盡點數降到負值，感覺也不賴吧。」

……在點數變成負值的狀態下回到地球，會遭到制裁喔？

看到一頭霧水的我，愛麗絲聳了聳肩。她的神情中莫名帶著一絲愉悅。

——當火砲的延長線終於全數插到莉莉絲身上後。

方才始終對我們保持警戒，遠觀的魔王軍有了動作。

正確來說，是率領全軍的海涅朝我們這裡走來。

當海涅來到與我們距離約莫二十公尺時，她開口喊道：

「喂，戰鬥員六號。你在這裡做什麼？又在打什麼鬼主意了嗎？」

海涅應該已經明白來龍去脈了，只見她露出不懷好意的笑容。

「還是想趁你們的誘餌被我們趕跑的期間，來找魔王索命？」

……穿幫了。

畢竟除此之外，我們根本毫無理由配合虎男進攻的時間點，出現在這種地方。

「我姑且認可你的實力……正因如此，如果終須一戰，我會召集全軍和你打。你可別罵我卑鄙啊？不這麼做的話，我根本贏不了你這老奸巨猾的傢伙。」

……這傢伙幹嘛故意放出這種警告？

「……可是，只要你肯投降，用水之羅素的人身安全跟我交換的話，我就同意這場交涉。」

啊啊，原來如此。這傢伙還沒放棄討回羅素啊。

不過很遺憾，羅素已經沒救了。

對女裝毫無抗拒這一點自然也無藥可救，但他漸漸在替戰鬥員煮飯洗衣、照顧大家並飽受依賴的過程中找到了樂趣。

與此同時——

「六號，她就是魔王軍的幹部之一嗎？」

莉莉絲開口詢問，似乎已經做好迎戰的準備。

「沒錯。她就是魔王軍四天王——炎之海涅。」

聞言，莉莉絲將大聲公傳送過來，對海涅大喊：

「『測試測試。喂，這位大奶妹，有聽到我的聲音嗎？』」

聽到對方忽然用日語大吼，海涅疑惑地歪頭。接著莉莉絲又用當地語言喊道：

「我要告訴這位魔王軍幹部，奉勸你們投降吧。這是警告。一旦與我方開戰，我會以黑之莉莉絲之名，將此地化為煉獄。」

……聽到這句話後，除了一臉震驚的海涅外，在後方待命的魔王軍眾人全都爆出笑聲。

魔王軍咯咯笑個不停。但獨獨一人毫無笑容的海涅舉起手後，笑聲便戛然而止。

「你們的意思似乎不是普通的威脅啊。喂，六號，這傢伙是哪位？」

海涅始終警戒萬分地向我問道。我對她說：

「這位是我的上司。我們組織的最高幹部，莉莉絲大人。」

「你、你們組織的最高幹部……」

聞言，海涅緊張地汗如雨下。可見方才所言不假，她確實認可我方的實力。

「畢竟有過那位愛麗絲的前例，就算對方是小孩子也不可輕忽。而且大敵當前，她居然還如此沉著，可見這話並非謊言。」

海涅提高警戒，再次窺探我方的反應。

見狀，莉莉絲勾起一抹淺笑，彷彿在說一切如她所料。

「……怎麼樣，炎之海涅？要投降嗎？要是我拿出真本事，我的荷包也會淌血呢。如果能在這裡商談和解，也算是幫了我一個大忙。」

莉莉絲表現出毫無幹勁、似乎怎樣都行的態度，讓海涅的戒心又加深了些。

看到未知的武器以及莉莉絲渾身管線的模樣，海涅顯然有些迷惘。

「……動員這麼多人力，卻被對手逼退的話，將有損魔王軍的威名。倒是你們還不肯投降嗎？只要把羅素還來，之後我一定會放你們回去……你們那裡全都是小女孩呢。魔族一向血氣方剛，要是真的打起來，我也沒辦法阻止他們喔？」

……原來如此，接下來換她口出威脅了。

但戰爭就是這麼一回事。

我們是邪惡組織，見識過無數慘烈的現場。

所以我開口道：

「——喂，愛麗絲，聽到她剛剛說的話了嗎？海涅這王八蛋居然叫莉莉絲大人投降耶。這是在瞧不起我們如月對吧？」

聽到我這句響徹荒野的發言，別說海涅，不知為何連莉莉絲都嚇了一跳。

「哦，跟我和六號交手就已經苦戰連連了，她還真是不要命呢。只要莉莉絲大人拿出真本事，在場所有人就會在五秒內立刻蒸發。我以後再也看不到海涅了啊。雖然是同業競爭者，但還是有點感傷……」

愛麗絲接著說出的這句話讓海涅的臉色瞬間慘白。

……不過，怎麼連莉莉絲都面色鐵青，是我的錯覺嗎？

「呃、不不！啊啊，我無意看輕這位小姐……」

「六六、六號，愛麗絲，現在是我在交涉，你們給我乖乖待著！」

至此，我下定決心。

這樣我就要奉陪到底了。

「莉莉絲大人，儘管將身後放心交給我們吧。雖然和莉莉絲大人相比，我們只是一窩雛鳥，但我們能在妳的身後進行守護，不會為妳帶來任何麻煩。」

「後援工作也包在我們身上。萬一妳身負重傷，也能為妳進行最完善的治療。」

我跟愛麗絲不顧驚慌失措的海涅和莉莉絲，自顧自地拿起武器。

大敵當前，不知道一把R鋸劍可以殺到什麼程度。

可是……

「莉莉絲大人對上如此龐大的軍勢也不為所動！就算我們敗下陣來，你們這些人也別想活著回去！混帳！」

「對啊，你們死定了。畢竟你們的對手是黑之莉莉絲。她的懸賞金額高居世界之冠，這可不是浪得虛名。」

聽到我和愛麗絲如此叫囂，魔王軍的士兵們群起憤慨。

眼見我們士氣大漲，海涅渾身顫抖地說：

「要要要要、要打嗎？大敵當前，你們真的要打嗎？確定嗎？認真的嗎？休想在部下面前侮辱我！之前拜六號所賜，我以非常難堪的模樣被送回魔王城，早就已經丟盡顏面了，事到如今沒在怕啦！」

「來來來來、來打啊！我也不會在部下面前示弱！但我也是拜六號所賜，上司的威嚴早就蕩然無存了！」

兩人互相使了個眼色後，莫名安心地鬆了口氣——

「說、說是這麼說，跟你們家的虎男對戰過後，我們也蒙受了相當大的損失。今天我可能可以當作不相上下，就此收手喔？」

「是、是啊。虎男已經出手削弱你們的勢力，如果我再發動攻擊，感覺就像搶了他的功勞一樣，怪不好意思的！而且我們組織也有些損失，今天可以姑且放你們一馬……」

我毫不馬虎地舉起R鋸劍掩護莉莉絲，並對海涅身後的魔王軍破口大罵：

「哦哦，別小看如月啊！我要把你們這群雜兵全部大卸八塊！愛麗絲、蘿絲，妳們也說句話！」

「這些人不值得殺。全部抓回去當成實驗樣本！」

「我、我是戰鬥人造合成獸，打起來正合我意！裡面有好多人看起來都好好吃喔，我會卯足全力！」

兩位幹部的神色從鐵青轉變為驚恐。在她們的注視之下，我高聲一呼：

「我們是邪惡組織，祕密結社如月！魔王軍算什麼啊！大家一起上——！」

得到可愛部下的掩護後，莉莉絲也高聲一呼：

「不要挑起戰火——！」

5

隨著一臉認命的海涅，魔王軍的士兵一同朝我方衝來。

「笨蛋！六號大笨蛋！報告書上說那個叫海涅的幹部對你們有心理陰影，所以我才想用交涉來解決啊！」

「事到如今妳還在說這種話。都已經做足戰鬥的準備了，誰還想交涉啊？」

沒錯，莉莉絲被火砲重重包圍的這個模樣，就是俗稱的認真模式。

「我只是要讓她瞧瞧我的覺悟和認真模式，再進行威逼！如果在地球上的話，光是看到我這副模樣，絕大多數的軍隊都會投降！這些武器只是做做樣子而已！為了保存我的惡行點數，我想用和平的方式解決這一切啊！」

原來是這樣啊。

可是……

「莉莉絲大人，這裡不是地球，那些人看不懂妳的認真模式啦。」

「可、可惡——！」

和魔王軍之間的距離有點遠，又不會太遠。

遍布荒野的大軍應該不用三分鐘就能殺到我們跟前吧。

愛麗絲用散彈槍擊倒步步進逼的敵人，同時對莉莉絲加油打氣。

「喂，撐住啊，創造主！妳是我的製造者，讓我看看妳的優點！」

「愛麗絲，事情結束後，我要跟妳談一談！六號蠢也就算了，妳那麼明事理，還出言煽動！就這麼想把我留在這顆行星嗎？妳這愛撒嬌的仿生機器人！」

說著說著，海涅就帶著火焰衝向莉莉絲。

「我的部下禁不起激將法，妳還給我添麻煩！雖然我不討厭小孩，但只要打敗妳就是我贏了！在這種狀況下，我可不會手下留情！」

「不愧是邪惡組織，我們都因為那些調皮的部下吃盡苦頭呢！不會手下留情？好久沒聽到這句話了！畢竟我在地球上是排名第一的危險人物，光是能聽到這句話，就覺得這一趟來得有價值！」

海涅不停轟出火焰球，同時往莉莉胸前衝去。

看到圍繞在她身邊的武器，海涅似乎看出那些屬於遠距離攻擊型。

只是——

「噫！這、這是什麼！」

火焰球被大量觸手一一拍回。沒一會兒，海涅就被觸手逮住了。

「哈哈哈哈哈哈哈，對邪惡女幹部色情凌辱也是我的工作之一！快看啊六號，我要使出觸手之刑了！」

「不愧是莉莉絲大人，真懂戰鬥員的心！接下來就在海涅的部下面前把她剝個精光！」

「住、住手——！」

「你們給我認真點！為什麼是實習戰鬥員最努力應戰啊！」

聽愛麗絲這麼說，我看向前線戰區，發現蘿絲正在口吐火焰威嚇敵軍。

「啊啊，真的會噴火耶！愛麗絲，要是把她帶回地球——」

「妳想說『可以當成環保又乾淨的能源』對吧？第一次見到她的時候，我就想過這種事了！差不多該拿出真本事了吧，創造主！」

我用R鋸劍迎頭痛擊撲向愛麗絲的半獸人，同時向蘿絲喊道：

「蘿絲，妳先退下！莉莉絲大人要來真的了！」

「等等！我又沒說要來真的……！啊啊，煩死了！」

蘿絲用力地跳回來後，莉莉絲就把被觸手纏住的海涅丟向魔王軍。

「啊啊啊啊啊！可、可惡……！」

被丟向地面的海涅破口大罵的瞬間……

重獲自由的觸手全都伸向了魔王軍——

「哇啊啊啊啊！等等！等……！」

突如其來的大爆炸和轟天巨響讓頭部著地的海涅莫名其妙地高喊出聲。

陷入混亂狀態的海涅看到莉莉絲的觸手射出無數子彈、電擊和熱能射線，導致魔王軍的士兵們四處逃竄。

「呀哈——！喂喂，快逃快逃！睜大眼睛看清楚，這就是如月的力量！」

「沒錯！別小看我的製作者！」

「隊長和愛麗絲小姐，不要在莉莉絲大人身後放話啦！」

即使好幾個士兵對莉莉絲放出箭矢與魔法，也都被觸手一一擋下……

「這這、這是怎樣！退……快退下！大家快退下！」

依舊趴伏在地的海涅高聲呼喚，但腦袋全速運轉、眼睛充血紅成一片的莉莉絲卻不當一回事，大聲吼道：

「這是最後的投降勸告！現在我只動用了百分之十的實力。啊啊，你們以為我只是在虛張聲勢？說出這句話就會戰敗？很好，我就讓你們見識一部分的力量！」

以海涅為首的所有魔王軍，應該都看見了忽然出現在遙遠上空的黑色物體吧。

雖然召喚出來的這些武器只是用來虛張聲勢，但能夠連接衛星的傳送裝置似乎是真的。

她是將頭腦直接連上衛星，將遠處的高空定位為座標，指定傳送路徑吧。

從如月本部傳送而來的對軍深水炸彈就這麼被投放至遙遠的地面——

「待會兒我就會讓那個東西掉到你們頭上！但這麼一來，你們被逼到絕境、自暴自棄之後，就要戰到只剩下最後的一兵一卒為止了！我再重複一次！這是最後的投降勸告！……要是你們害我點數降到負值，我就得永遠留在這顆行星了！我是無所謂啦！跟六號、愛麗絲和蘿絲一起在這裡愉快的生活也——」

莉莉絲還沒說完，巨大的爆炸煙塵就伴隨著轟天巨響猛然升起——

6

和魔王軍爆發的全面戰爭……應該說一個幹部單方面的蹂躪行動終於告一段落。

多虧海涅及早投降，死亡人數比想像中少得多。在我的部隊中自稱軍醫的愛麗絲也在幫忙治療傷者。治療完畢的魔族們現在被集中到一處睡著了。

如今在莉莉絲眼前……

「莉莉絲大人，我把魔王軍幹部——炎之海涅帶過來了。」

「喂，走快一點。奶子居然長那麼大，是想被我擰下來嗎？」

「噫，住、住手……」

我和愛麗絲左右夾攻，將徹底投降的海涅帶到莉莉絲面前。

「該怎麼處理呢，莉莉絲大人？這個魔王軍女幹部海涅三番兩次出現在我們面前，到處扯後腿。」

「是啊。只要她一出現，我們都會被整得很慘。」

「咦咦！等一下，我不記得自己做過那種事……！呃，我確實給你們扯過後腿，但我應該才是被害者吧……！」

被迫跪坐在莉莉絲面前的炎之海涅聽到我和愛麗絲不可理喻的告狀後，淚眼汪汪地為自己抗辯。

看了我和愛麗絲的反應後……

「……我說你們啊。被送到這顆行星之後，是不是變得越來越奇怪了？」

「因為跟上司很像啊。」

「因為跟製作者很像啊。」

聽到我們立刻給出答案，莉莉絲露出心有不甘的表情。

「所以要怎麼處理這個女人呢，莉莉絲大人？果然還是要開軍事法庭吧。要開軍事法庭嗎？就我而言，我想對這個女人求處三年奶子徒刑。」

「我比較想把她當作基層戰鬥員瘋狂壓榨。」

聽到我跟愛麗絲的提案，海涅不禁瑟瑟發抖。

「不用開軍事法庭啦。雖然我們祕密結社如月確實有跟魔王軍交戰，但從頭到尾都只是派遣戰鬥員而已。真要說的話，就像傭兵部隊。跟魔王軍爆發戰爭的是葛瑞斯王國。既然如此，我們就無權對她進行裁決。」

莉莉絲嘆了口氣這麼說道。對此，海涅露出驚訝的表情。

接著，她的臉上逐漸透露出重獲希望般的心情……

「哎呀，莉莉絲大人，妳還真過分耶。換句話說，這個女人連受到審判保障的基本權利都沒有吧。這個決定很不錯。」

「不愧是邪惡組織的最高幹部。莉莉絲大人真是壞透了。」

「等一下，我沒說過那種話！也沒打算這麼做，你別露出那種表情！這兩個人說的話聽聽就好！」

看到神情絕望的海涅，莉莉絲連忙解釋。

「雖然還不能放妳走，但我問完想問的事情之後，妳逃了也無妨。必要的話，視妳提供的情報多寡，我可以稍稍滿足妳的心願。」

「唔！真、真的嗎！雖、雖然覺得這樣很厚臉皮，那個……」

聽莉莉絲這麼說，海涅看了傷兵一眼……

「那個，希望你們家那位合成獸，不要一直在受傷的士兵身邊到處徘徊好嗎……」

「喂，妳在那邊幹什麼！我說過不准吃會說人話的魔獸屍體，還活著的也不能吃！」

蘿絲用津津有味的眼神打量著已然喪命的魔族。雖然警告過她不准吃人型的魔獸，可是……

「我、我之後會好好叮囑她。別說這些了，有件事想跟妳打聽……」

「──要怎麼進入魔王城啊……」

「是啊。是不是得收齊什麼道具，才能進入魔王城？」

莉莉絲是要問海涅如何進入魔王城，或是如何解除保衛城池的結界。

「……那個，只要在位於城堡東西南北方位的塔內，放上名為……解除鑰匙？的魔導石……」

「這我已經知道了。但我就是沒辦法得到那個魔導石，才問妳該怎麼做。」

如果非得要有魔導石才進得去，就只能舉手投降了。

屆時莉莉絲預計要在結界上撒滿大量爆裂物，或是挾持魔王國的居民當人質，進行開城談判。

「……我聽說魔導石似乎能消除高塔的防衛機能。也就是說，將整座塔破壞殆盡後，保衛城池的機能也會消失。只是依邏輯思考的話，破壞高塔這種事實在太離譜了……」

「原來如此。對我來說只是破壞四五座高塔而已。小事一樁。」

什麼嘛，馬上就解決了。

「可、可是四座高塔經常被周遭瀰漫的濃霧掩藏住，而且一定要用達斯特之塔的祕寶才能驅散濃霧。順帶一提，我只知道炎之塔的所在位置喔。我、我沒有撒謊！」

「……喂，愛麗絲。我記得我們有拿到達斯特之塔的祕寶，沒有交給國家吧？」

「那個應該交給失蹤的勇者保管了。換句話說，祕寶也下落不明。」

真沒用，勇者真是沒用。

……就在此時。

「呃，這樣的話應該還有方法。」

莉莉絲這麼說，似乎想到了什麼。

「什麼方法？要用電風扇嗎？妳要用超大電風扇吹散濃霧，尋找高塔對吧？」

「誰要做那種事啊！妳說四座高塔經常被濃霧籠罩是吧？那就簡單多了。」

莉莉絲嘴角揚起一抹邪惡至極的笑。那個口氣彷彿認定這只是小事一樁。

7

「喂，海涅，妳沒騙我吧？高塔附近真的沒有你們國家的居民吧？如果有的話，傷腦筋的人是妳喔？就算消滅你們國家的居民，那個人也只會挖挖鼻孔冷哼一聲就完事了。」

「真的啦，面對那種魄力，我才不會撒謊！不過你們是不是瘋了？居然要把瀰漫濃霧隱去高塔的那一帶全數炸飛，你們真的很奇怪耶！」

莉莉絲認為，既然濃霧會隱蔽高塔，那就針對瀰漫霧氣的區域進行重點式爆破就行了。

愛麗絲早已連上衛星，鎖定出遭濃霧籠罩的地點。

「真的耶。從這裡延伸而出的東西南北四個位置，都有一處霧氣濃密的地方。」

「從高空俯瞰，就像在指引那裡有什麼東西似的。」

瘋狂科學家和她的創造物正雀躍無比地記錄著被濃霧籠罩的場所。

「啊啊，今天是什麼日子啊……只要那個人將那張紙片傳送到某個地方，剛剛那個東西就會掉到高塔上……真是惡夢一場，今天就是魔族的毀滅之日……要是城堡的結界被解除，那個東西就會從魔王城上方掉下來吧。這個國家終於要滅亡了嗎……」

我對終於開始啜泣的海涅說：

「呃，我們沒有要炸掉整座城堡啦。妳看，我們家的合成獸不是還在那裡嗎？她好像想跟你們家的魔王問點事情。所以才像這樣來找他協商。」

海涅瞪大雙眼，張大嘴巴，一副聽不懂這傢伙在說什麼的樣子。

「協、協商？你剛剛說要協商嗎？惹出這一連串事端，還不停煽風點火，結果你說是要來找魔王大人協商！我要殺了你！還要把你送到我們夥伴身邊！」

「哦，這個敗犬女是怎樣？妳知道自己現在被俘虜了嗎？而且我死後會下地獄，所以把我送到夥伴身邊，就代表那些傢伙也在地獄裡！」

就在我跟海涅吵起來的時候——

距離此處稍遠的地方發出了「咚！」一聲重響。不久後，震動隔了幾秒才嗡嗡嗡地傳了過來。

仔細一看，莉莉絲和愛麗絲已經將便條紙傳送完畢了。

「啊啊，還是炸了……是說，既然要找魔王大人協商，明明就可以用交涉這個方法……你們幹嘛這麼拚命地一意孤行啊……」

因為我們是邪惡組織嘛。

「——喂，蘿絲，過來。妳過來一下。」

「…………？」

包含莉莉絲在內，我們誠心誠意地和海涅進行溝通後——

「蘿絲，這個海涅能聽懂魔王說的話。她會帶妳到魔王城境內的遺跡，也會跟魔王談一談。可是我們覺得沒必要繼續等下去，決定等等就闖進城裡狂打一場，把魔王大卸八塊。」

聞言，蘿絲立刻回答：

「我要協商！拜託協商吧！」

聽到蘿絲這句話，剛剛還泫然欲泣的海涅臉上頓時綻放出光采，彷彿看見希望。

順帶一提，認為不該協商，而是直接進去痛扁一頓的提案，現在有三張支持票。

也就是說，除了蘿絲以外，大家都想在今天之內做個了斷……

「真的可以嗎？這傢伙可能不會遵守約定，也不知道要等到何年何月。但現在莉莉絲大人也在，今天之內就可以全部解決喔？」

聽了我的耳語，蘿絲還是搖搖頭。

「……不了，可以的話，我希望能和平協商。不過能走到這一步，也是多虧了隊長、莉莉絲大人和愛麗絲小姐的功勞。雖然只有我一個人選擇協商，沒辦法說得太強硬……」

「……原來如此。那就和平協商吧。在我們如月的體制下，當事者的一票具有一百票的力量。」

莉莉絲這句話似乎確定了日後的行事方針。

聞言，海涅鬆了口氣，蘿絲也開心地羞澀一笑。

——莉莉絲大人，我可沒聽說過如月有這種體制喔？

「——好了六號，回基地吧。今天我用腦過度，要大量攝取糖分。接下來也差不多該呈報告書了，你們也要寫好一點喔。就寫我用一根手指頭降伏魔王軍，或是一拳就打倒龍族，儘管灌水無妨。」

「…………」

雖然我個人認為她是為了蘿絲才撒了點謊，但這傢伙搞不好只是想早點回去吧——

8

「搞什麼！這麼大的作戰計畫，居然沒叫本小姐一起去！」

我們和魔王軍打完閃電戰的隔天。

雖然時間已晚，但聽說這件事之後，格琳在基地裡對我劈頭痛罵，瘋狂抱怨。

「嗚啊啊啊啊啊！啊唔，啊啊啊啊啊啊啊——！」

……

「我們是夥伴吧？為什麼非要排擠我啊！而且人家跟蘿絲感情最好耶！」

「呃，因為確定作戰計畫的時候已經很晚了，我又不知道妳家在哪。再說，這項任務要在早上執行耶。妳白天都提不起勁吧？」

「只不過是我家地址而已，我隨時都可以告訴隊長啊！再怎麼說，只要是為了蘿絲，白天我也會努力爬起來！」

「啊唔！嗚呃呃呃，噗啊啊啊啊啊啊！」

…………

衝進基地的人不只是眼前的格琳而已。

一身髒汙的雪諾正嚎啕大哭。剛完工的基地地板這麼乾淨，都被她的眼淚弄髒了。

「……吶，隊長。那邊麻煩你處理一下好嗎？」

「要我怎麼處理啊。我姑且有要找她談這件事喔，但在貧民窟裡到處找不到人。問了之後才發現……」

打從我被空之王抓走那天以來，這個業障重的女人就天天往空之王的巢穴跑，企圖奪取牠的財寶，直至今日。

……沒錯。在我們前往魔王城的途中，被空之王追著跑的人似乎就是她。

事到如今，她才聽說自己不在的這段期間，我們跟魔王軍大幹一場，戰果豐碩，所以才這樣嚎啕大哭。

或許是對這樣的雪諾心生憐憫，只見蘿絲摸摸雪諾的頭安撫，並幫她擦拭臉頰。

「……雖然時間不長，但這傢伙好歹是妳的前隊長吧？她留在這裡會添麻煩，把她帶回街上去。」

「才不要呢，她應該無家可歸吧。帶回街上之後，就要把她隨便丟在某個角落耶。我實在做不出這種事。而且我借宿的房間是單身用……」

照顧她實在很麻煩。在她哭累睡著前還是別管她了。

而且我還有更重要的事要辦。

我被莉莉絲叫出去後，來到了基地的傳送室——

「——嗨，六號，等你很久了。」

揹著大背包的莉莉絲站在玻璃艙前。玻璃艙的最終調整已結束，傳回如月本部的傳送測試也檢驗完畢。

「她們的抱怨還真多。但要是我碰上這種事，肯定不是抱怨就能了事，之後你再好好哄她們吧。」

「不，我也有話要說。一個是夜行性動物，早上提不起勁，明明可以自己走卻不走路，麻煩得要死。另一個在鎮上根本找不到人。」

聽完我的說詞，莉莉絲開心地露出苦笑。

「我對她們倆還不熟悉，感覺還是比較接近敵人，而不是自己人。不過算了。我就允許你身邊那些人再服侍你一陣子吧。」

「既然可以讓女人服侍我，那莉莉絲大人也來服侍我啊。」

我語帶調侃地說，莉莉絲則勾起一抹壞笑。

「這樣啊，那我就好好服侍你吧。但老實說，要是我真打算這麼做，反正……抱歉，我又會錯意了。再說你也不是這種人嘛，真的很抱歉，我誤會了。我只是想偶爾說說這種話調侃人啦！就像青春題材的輕小說一樣！」

我張開雙手步步進逼。莉莉絲後退的同時仍滔滔不絕地解釋。

這傢伙還是一樣膽小怕事。哪天我真的跨越那條線試試看好了。

「你、你那是什麼眼神啊！這可不是注視上司的眼神喔！愛麗絲！愛麗絲——！快過來這裡——！」

愛麗絲正在觀察傳送裝置的狀態。被莉莉絲這麼一叫便走過來。

「時間差不多了，妳幹嘛到最後一刻還在鬼吼鬼叫……找我有事嗎？」

「……接下來要認真展開侵略行動，六號太天真了。看到他跟當地人相處的情形，我擔心他會被感情絆住腳。我就交付你們一項重大的指示吧。」

莉莉絲這次才是被感情狠狠地絆住腳了吧，還好意思說。

剛剛還一派輕鬆的莉莉絲雙手扠腰並嚴肅地說：

「聽令！」

我跟愛麗絲挺直背脊，做出立正姿勢。

「戰鬥員六號、美少女型仿生機器人如月愛麗絲。我命令你們以這座基地為據點，向周邊各國展開諜報及侵略行動。與此同時，也要以基地為起點，在這片土地上打造適合人類生存的小鎮。喚醒這片荒蕪的大地，開拓森林，打下足以讓地球人移居的環境基礎。」

…………

「莉莉絲大人，可以問個問題嗎？」

「我還在說明呢……也罷，我接受你的提問。」

莉莉絲表現出「真受不了這傢伙」的反應。

「向周邊各國展開諜報及侵略行動，這倒能理解。我們應該已經交出十分亮眼的成績了，我真的很想跟愛麗絲一起回地球。」

但在惡行點數降到負值的情況下回去，我的下場會很慘，所以這件事暫且不提。

……老實說，我是對這裡產生感情了。

「我不能理解的是打造城鎮這件事。怎麼會是這種需要動腦的任務？雖然自己說這種話有點怪，但我的腦袋不太好耶。我對政治和統治這種工作沒什麼把握。」

莉莉絲點點頭表示理解。

「我比誰都清楚你的愚蠢。我也不覺得你能扛下嚴謹的都市開發任務。」

明明又要再分開一段時間，這個人講話還是那麼毒。

「如月愛麗絲負責統籌城鎮事宜。你就以愛麗絲搭檔的身分，負責解決糾紛。畢竟要在這種地方從零開始打造城鎮，一定會引發各種問題。比如鄰近諸國的紛爭、來自森林的蠻族和魔獸等。城鎮興起、人口增加後，治安也會變差。我們以外的犯罪組織自然會前來爭權奪利。你的工作就是用武力化解這些問題。」

……原來如此，那就跟平常的工作沒兩樣了。

「六號，你會玩模擬遊戲嗎？就是俗稱的生存類或經營類遊戲。在當地採集素材，建立據點，擊敗周邊的怪物，擴大地盤這種感覺。」

「基本上我只玩色情遊戲。」

「這、這樣啊，那就沒辦法了。總而言之……在這個沒有放射能源和化學物質的美麗新世界，紮下我們的根基吧！幸好還有許多未開發的土地，著手處理那些還沒接觸過的地方。若該處早已建國，就仔細調查，將其併吞！」

聽莉莉絲這麼說，我跟愛麗絲回以戰鬥員式的敬禮。

莉莉絲看著我們，露出愉悅的笑容。

「期待你們的表現。那我就先回去了……不要只顧著處理這顆行星的事，偶爾也想想我們三個吧。」

莉莉絲走進玻璃艙並這麼說，臉上帶著一絲羞赧。

「再見，莉莉絲大人。妳剛過來的時候，我還覺得這個廢物上司在搞什麼鬼。最後卻對妳有點改觀了。身為我的創造主，妳要無愧於心地好好走下去喔。」

「真搞不懂誰才是媽媽耶！算了，我就努力成為讓愛麗絲驕傲的媽媽吧。」

見莉莉絲語帶羞澀，事到如今，我才想起一件事。

「莉莉絲大人，有件事我也忘記跟妳說了。就是在基地屋頂上被莉莉絲大人打斷的那句話。」

沒錯，那時候莉莉絲泫然欲泣，叫我不要忘記她們。

我記得自己當時想這麼說：

「我從來沒忘記過妳們三個人。因為……」

揹著背包的莉莉絲的臉頰泛起前所未有的紅暈，顯得舉止怪異。

「每天晚上我都會想起妳們！我想好好說明這一點！為什麼會在晚上想起妳們呢？因為這裡連A書都要花費惡行點數……」

「有夠差勁！你這個人果然爛透了！不准回來地球！我會把這件事告訴阿斯塔蒂她們，給我走著瞧，你這變態部下！」

這位令我們引以為傲的上司似乎在期待些什麼。

撂下這句狠話後，她卻帶著還算滿意的神情離開了——

尾聲

這裡是祕密結社如月放置巨大傳送裝置的房間。

為了回覆派遣戰鬥員的物資傳送申請，平常只會有幾個事務員待在這裡。唯獨今天有些不同。

兩位最高幹部心急如焚地在此待命，準備迎接派遣至地球外行星，俗稱「第二地球」出差的黑之莉莉絲。

這時，傳送裝置的玻璃艙內竄出陣陣紫電。

接著並沒有出現任何魔法陣，也沒有任何眩目的光。

揹著背包的莉莉絲就帶著雀躍的笑容，站在兩名幹部面前。

發現兩人後，莉莉絲毫不隱藏欣喜之情，踏著興奮的步伐走出艙外。

「兩位，我回來了！哎呀，妳們特地來迎接我嗎？真是，居然拋下工作不管，真受不了妳們。不過我們畢竟從如月建立以來就一直在一起，從沒像這樣分開過，這也無可厚非。」

莉莉絲一把將背包放下，嘴上說著這種錯估情勢的話。

「妳們知道這是什麼嗎？是從那顆行星帶回來的寶石和金幣。哎呀，起初我還以為她是個黑心又冷酷的公主殿下，但葛瑞斯王國的緹莉絲公主真是太棒了！因為我大顯身手，她就準備了這麼多金銀財寶給我。真是的，雖然我不是六號，但我真想乾脆留在那裡呢！」

莉莉絲沒發現阿斯塔蒂的冰冷視線，繼續說道：

「真想讓妳們看看我這次的表現。收到六號跟愛麗絲的報告書了吧？其實我對這次的事件……」

「莉莉絲。」

阿斯塔蒂冷不防地喊了一聲，讓莉莉絲嚇得渾身一震。

「……咦？什麼？怎麼了？妳的表情有點恐怖耶。呃，別散發出這種冷冷的氣場好嗎？那個，我覺得好可怕又好冷喔……」

莉莉絲的神情略微膽怯，並將放在地上的背包護在身後不停後退。

……彼列走向莉莉絲，猛地摟住她的肩膀。

「莉莉絲，歡迎回來。在當地玩得這麼開心呀？」

「我回來了，彼列。對啊，開心得不得了呢！那裡出現了一隻超級大蜥蜴，我馬上就把牠打垮了。而且蜥蜴的巢穴裡還有一座神祕的地下遺跡……好燙！」

話還沒說完，莉莉絲就發出哀號。

彼列那頭鮮紅色的髮絲宛如燃燒般飄揚，彷彿在表達當下的情緒。

莉莉絲雖想將圈住肩頭的那雙手撥開，但彼列用力抓得死緊，根本扯不開。

「等等，彼列，好悶熱喔！妳就這麼想我嗎？老實說真的很熱耶！呃，有夠熱……好燙！這種溫度會燙傷啦，放開我……喂，放開我！」

難以忍受的莉莉絲準備用觸手逼退，彼列便立刻抽身。

看到莉莉絲的反應，阿斯塔蒂竊笑起來。

「呵呵，莉莉絲也真是的，還是這麼激動。一下子冷一下子熱，妳到底想怎樣呀？」

「常溫就行了，常溫！妳們怎麼了？是不是心情不太好啊？」

莉莉絲神情膽怯地問，似乎終於察覺到氣氛不對。

阿斯塔蒂勾起一抹殘酷的笑靨，輕輕閉上雙眼。

「妳自己想一想吧。將手放在那對小小的胸部上，仔細地回想吧。」

聞言，莉莉絲老實地將手放上自己的胸前。

「……就算將手放上我的美乳，我也只會覺得這對胸部真是天賜良品……」

「喂，阿斯塔蒂，這傢伙根本沒在反省。」

「而且似乎還悠悠哉哉的呢。」

聽到莉莉絲這句話後，兩人態度驟變。

「什、什麼啦，從剛剛開始到底是怎麼回事！……哈哈～我知道了。伴手禮，想要伴手禮是吧，這些貪婪的女人。真是的，這可是我得到的獎金，哪有理由分給妳們啊？除非妳們今天對我使用敬語。」

說完，莉莉絲輕輕地將寶石放在兩人手掌上。

……這個瞬間，放在阿斯塔蒂手上的藍寶石頓時結霜碎裂四散，放在彼列手上的紅寶石則被火焰包圍熔解落地。

「太過分了！怎麼可以這樣！有看到我剛剛送給妳們的寶石顏色吧！我可是絞盡腦汁，才選出了搭配妳們顏色的寶石耶！真不敢相信，我在當地努力打拚，妳們居然這樣對我？我生氣了！今天我不想再看到妳們的臉！反正那只是便宜貨，我原本就打算扔掉！我要……」

回去了。

莉莉絲這句話還沒說完，就被阿斯塔蒂跟彼列抓住肩膀，動作戛然而止。

「伴手禮和寶石根本不重要。吶，莉莉絲，我再問妳一次。妳好像在當地玩得很開心嘛。」

「很開心啊。怎樣啦，抱歉。因為我一個人跟六號打情罵俏，所以妳們不高興？妳們錯怪我了。畢竟六號從三名幹部之中選了我啊。」

聽到莉莉絲又扯出一串廢話，阿斯塔蒂的太陽穴微微抽動。

「妳好傻啊，莉莉絲。我怎麼會為了這點無聊小事動怒呢？」

「咦？是這樣嗎？愛麗絲把六號跟莉莉絲的甜蜜影片寄過來的時候，妳的太陽穴不是抽個不停嗎？」

「妳好傻啊，莉莉絲。我怎麼會為了這點無聊小事動怒呢？」

阿斯塔蒂完全忽視彼列說的話，又把同一句話重複一遍。

「妳到底去那裡做了些什麼啊？」

…………阿斯塔蒂這句話讓周遭的空氣都凝滯了。

「……不不，等等，阿斯塔蒂。怎麼會問我去那裡做什麼呢？我在當地的表現非常亮眼耶。我跟保護大森林的遺跡主人、人稱泥之王的難纏生物，還有偉大的空之王激烈交戰……最後還把同業競爭者……」

「妳沒把同業競爭者解決掉，就回來地球了吧。」

……

「不對。」

「報告書上只寫到妳跟大蜥蜴、史萊姆和麻雀對戰。還寫了妳被美女COSER嚇到窩在帳篷裡。」

彼列把一張紙上的內容朗誦出來後，莉莉絲的臉部抽搐起來。

「不對！呃，也不算錯啦！大蜥蜴是巨大機器人，史萊姆是封藏在國家地底下的龐然大物！而且跟麻雀對打這件事聽起來雖然很蠢，可是牠的體型非常巨大！畢竟是會在空中翱翔捕食害獸的麻雀！那不是普通的麻雀，而是足以媲美我過去飼養的那個寶貝的優秀麻雀！而且再怎麼說，那是天使，不是ＣＯＳＥＲ而是天使啊！呃，天使真的很可怕，妳們看了就會明白！還有，我並不是逃回來的……」

莉莉絲語速飛快地說，似乎察覺到情勢對自己不利。

彼列又在莉莉絲面前朗誦另一張紙上的內容。

「……妳真的看了年幼女裝偽娘的小雞雞嗎？」

「……如果問我有沒有看，那確實是看了。但那又如何？因為我以為對方是女性合成獸，結果居然是男性合成獸！」

見莉莉絲語帶詼諧地這麼說，阿斯塔蒂跟彼列同時說道：

「「制裁。」」

與此同時，莉莉絲用力揮開她們的手，抱起護在身後的背包準備逃離現場……！

「很可惜，妳被包圍了！」

彼列喊出某個知名遊戲的台詞，迅速堵住莉莉絲的去路。

面露笑意的阿斯塔蒂緩緩地從臉部痙攣的莉莉絲身後靠近……

「妳的工作是殲滅同業競爭者，把六號帶回來對吧？有人叫妳去當地玩一圈再回來嗎？而且這個伴手禮又是什麼？殲滅任務執行失敗，所以我要沒收這個背包。」

「嘿嘿，把妳抱在手上的寶貝交給我吧。哎喲，別以為妳逃得了喔？居然一個人玩得那麼開心。這傢伙的臉頰居然充滿光澤！」

前門有彼列，後門有阿斯塔蒂。

被如月引以為傲的最高幹部包夾，陷入走投無路的窘境後，還十分天真的廢物幹部……

「可惡，竟然想把我好不容易得到的寶物搶走，真不愧是邪惡幹部，有夠齷齪……到頭來妳們還是很羨慕我吧？羨慕我受到六號喜愛，還獲得他的指名。噢，對了，我在當地還跟他到處去玩呢！我們在謎團重重的行星展開大冒險還打情罵俏！既然這麼想見六號，就老實點自己去找他！如果妳們是邪惡幹部的話，想要寶物就來搶搶看啊！白痴～白痴～！」

看到莉莉絲惱羞成怒，阿斯塔蒂跟彼列的太陽穴爆出青筋。

莉莉絲緊緊抱著背包，死都不肯交出去，接著解放所有的觸手……！

「放馬過來啊，妳們這些惡徒！本小姐可是連魔王都要逃之夭夭的黑之莉莉斯！」

莉莉絲的吼叫聲響徹了祕密結社如月——

後記

非常感謝各位這次購買《戰鬥員派遣中！》第四集。

把四本集結起來放進懷裡的話，厚度都可以代替防彈背心了。這都是多虧讀者大人的支持，我才能走到這一步。

《美好世界》也好，《戰鬥員》也好，沒想到三分鐘熱度的我居然能持續至今。一思及此，才發現這是我第一次從事相同的工作長達五年之久。

哦，別用那種看廢物的眼神看我好嗎？

希望這部作品可以變成長壽系列作。那麼，就來聊聊戰鬥員的話題吧。

雖然第一集就有稍微提及，但這部系列作的最終目標並不是打敗魔王。

而是侵略其他星球，取代瀕臨崩潰的地球，讓人類得以延續。

為了拯救異世界的人類，必須打敗魔王——經典異世界王道奇幻作《美好世界》被我賦予了這個目標。而這部作品的主角也同樣被我賦予了沉重且嚴肅的任務。

是要為了如月和人類侵略這顆星球？還是要果斷拋棄總讓人心焦、完全不給資源的上司，為了新部下在當地永久駐紮，掀起反叛的大旗呢？

這顆行星還有許多地方未經開拓，依舊充滿了謎團。

因此，今後這部作品會演變成動作冒險故事。主角用科學力量建造巨大都市，探索世界各地，解開行星的謎團——！

但本質上還是喜劇啦，希望大家別對這部分抱有過多期待。

如果想看真正的冒險故事，推薦各位去看我寫的另一部系列作《美好世界》。

這本書上市的時候，劇場版應該已經上映了。（註：此指日本狀況）希望各位搭配看似嚴肅的預告片一起享受故事的樂趣。

如此這般，這次也給很多人添了麻煩，這本書才能如期出版。

以負責插畫的カカオ・ランタン老師為首，我要對責任編輯K、校對、設計、業務以及各方眾人致上歉意與感激，同時以那句老話作結。

在此向購買這本書的所有讀者，致上最深的謝意！

暁　なつめ

為美好的世界獻上祝福！ 1~16 待續

作者：暁なつめ　插畫：三嶋くろね

以外掛般的強化方式，
找回出走的水之女神吧！

在賽蕾娜引發的騷動後，阿克婭留下一封信離家出走了，而變成等級1的和真也無法去追她。惠惠她們體恤和真，邀他去狩獵巨型蟾蜍，這讓他靈機一動，想到沒人想像過的強化方式！「看家的階段就此結束！咱們去追那個蠢貨！」和真要得到外掛了——!?

各 **NT$180~220/HK$60~73**

Kadokawa Light Novels

為美好的世界獻上爆焰！ 1~3（完）

Kadokawa Fantastic Novels

作者：暁なつめ　插畫：三嶋くろね

《爆焰》系列完結！
各位同志啊，就與吾一同步上爆裂道吧！

來到新進冒險者的城鎮阿克塞爾的惠惠，立刻開始尋找同伴。然而，卻沒有任何隊伍願意讓只會用爆裂魔法的她加入；而另一方面，自稱惠惠的競爭對手的芸芸也是一樣，每天都是獨自一人孤零零的——惠惠&芸芸粉絲期盼已久的第三集!!

台灣角川

各 **NT$200~210/HK$60~65**

為美好的世界獻上祝福！外傳

續·為美好的世界獻上爆焰！ 1~2

作者：暁なつめ　插畫：三嶋くろね

《美好世界》最受歡迎的外傳系列續集！
惠惠等人將解決這個世界的各種「任性」委託！

與蟾蜍的不解之緣。討伐王者蟾蜍！賽西莉、傑斯塔大鬧阿爾坎雷堤亞！討伐邪惡的艾莉絲教徒？阿克西斯教徒果然各個都不正常嗎！還有不受控制的《球藻都能懂的生物學》作者柏頓教授，最後讓少女砍了野獸的〇〇〇……然後，惠惠又成長了一點──

各 **NT$200~220/HK$60~73**

為美好的世界獻上祝福！EXTRA
讓笨蛋登上舞台吧！5
與白龍締結盟約
author 昼熊
illustration 憂姫はぐれ
原作 暁なつめ 角色原案 三嶋くろね
Kadokawa Fantastic Novels

國家圖書館出版品預行編目資料

戰鬥員派遣中! / 暁なつめ作 ; 林孟潔譯. -- 初版.
-- 臺北市 : 臺灣角川, 2020.08-
冊 ; 公分

譯自 : 戦闘員、派遣します！
ISBN 978-957-743-933-8(第4冊 : 平裝)

861.57 109001886

Kadokawa
Fantastic
Novels

戰鬥員派遣中！ 4

（原著名：戦闘員、派遣します！ 4）

2020年8月12日 初版第1刷發行
2021年4月27日 初版第2刷發行

作者：暁 なつめ
插畫：カカオ・ランタン
譯者：林孟潔

發行人：岩崎剛人
總編輯：蔡佩芬
編輯：高韻涵
美術設計：李思穎
印務：李明修（主任）、張加恩（主任）、張凱棋

發行所：台灣角川股份有限公司
地址：105台北市光復北路11巷44號5樓
電話：（02）2747-2433
傳真：（02）2747-2558
網址：http://www.kadokawa.com.tw
劃撥帳戶：台灣角川股份有限公司
劃撥帳號：19487412
法律顧問：有澤法律事務所
製版：尚騰印刷事業有限公司
ISBN：978-957-743-933-8